岩 波 文 庫

32-432-2

リ ル ケ 詩 集

高 安 国 世 訳

岩 波 書 店

目次

リルケ詩集

『第一詩集』より

民謡

あわれに胸をかきみだす
ボヘミヤの民謡のしらべ、
心にそっと忍び入り
いつしか心を重くする。

馬鈴薯畑の草とりに
子供がそっと唄《うた》うとき
その唄は夜のふけの
おまえの夢にまだひびいている。

たとえおまえが国遠く
旅路の果てにいるときも
年へたのちもその唄は

くりかえしまた浮かんでくる。

＊

ときにふと思うこと、傷心と労苦ののち
運命はなお私を祝福しようとする、
祝日の気分に満ちた日曜の朝
笑いつつ少女らが通りがかるとき……
少女らが笑うのを聞くのはたのしい。

すると長いことその笑いは私の耳に残っている、
けっして忘れられないような気がする……
日が丘のむこうに消えてゆくとき
私はそれをうたおうと思い立つ……だが
もう頭上で星たちがそれをうたっている……

＊

これが私の戦いです、
あこがれに身を捧げ
日々をさまよい続けます。
それから、強くなり広くなり、
数知れぬ根を
生の中深くおろすのです——
そうして悩みを通して
生から外へ遥かに成熟するのです、
時間から外へ遥かに！

『初期詩集』より

*

日常の中で困窮している貧しい言葉を、
人目につかぬ言葉を、私は大へん好む。
私の祝宴から私は彼らに色彩を贈る、
すると彼らは微笑《ほほえ》み、だんだん快活になる。

彼らがおずおずと心の内に圧《お》し殺していた本質が、
新しくまたあらわれてくる、だれの目にも見えるほど。
彼らはまだ一度も詩の中を歩いたことがない、
いま身ぶるいしつつ彼らは私の歌の中を歩く。

*

私はひとびとの言葉を恐れる。

彼らは何でもはっきりと言い切る、
これは犬だ、あれは家だ、
ここが始めだ、あそこが終わりだ、と。

私はまた彼らの心も不安だ、嘲笑《ちょうしょう》をもてあそぶのも。
彼らはこれから起こることも前にあったことも何でも知っている。
どんな山を見ても彼らはもう不思議を感じない、
彼らの庭や地所はそのまま神に接している。

私はいつも警《いまし》め防がずにはいられない、近寄るな、と。
私は事物がうたうのを聴くのが好きだ。
きみたちは事物にさわる。事物は凝固し沈黙する。
きみらにかかっては事物はみんな死んでしまう。

＊

人生を理解しようとはしないがいい、
そのときそれは祝祭のようになる。
日々をただ過ぎゆくにまかせるがいい、
ちょうど子供が歩いて行くとき
風が吹いてくるたびごとに
たくさんの花びらをもらうように。

その花を集めたり蓄えたりしようとは
子供はすこしも思いつかない。
髪にとまった花びらを子供はそっと払いおとす、
花びらはもっととまっていたそうなのに。
そうして子供は若い美しい年々へと
新しい花を求めて手を伸べて行く。

＊

ずっと以前あなたが私を見つけたころ、
私は小さい、ほんとに小さい子供でした、
そうして菩提樹《ぼだいじゅ》の枝のように
ただ静かにあなたの中へ花咲いていました。

私はほんとに小さくてまだ何の名前もありませんでした、
そうしてただほのかなあこがれに生きていました。
今あなたは言うのです、私がどんな名前にも
もう大きすぎると。

すると私は、神話と五月と海と
ひとつになっている私を感じます、
そして私は葡萄酒《ぶどうしゅ》の香りのように
あなたの魂を含んで重いのです……

＊

私は以前子供っぽく冷やかでした、
そのころ私には何もかも不安でした。
今では不安はみんな過ぎてしまいました、
ただ一つだけがまだ私の頬をほてらせています、
　私は感情がこわいのです。

それはもう、いたわるように歌が
その明るい翼を拡げている谷ではなく、──
それは広野《こうや》を恐れて上へ上へと逃げる塔です、
しかし私のあこがれはとうとう高い頂きにのぼってその縁《ふち》から眺め、
何か知らぬ力が、胸壁からとびおりるようにと
不思議に快く誘うのに身をふるわせて耐えています。

＊

私の生はどこまで届いているのだろう、
だれか私に言うことができるだろうか。
嵐の中をも私はさまよってはいないだろうか、
波となって私は池に住んではいないだろうか、
そうして私自身、あの、春の寒さにふるえている
蒼《あお》ざめた白樺《しらかば》の樹《き》ではないだろうか。

『時禱詩集』より

「修道生活の書」より

＊

私は私の生を、事物の上に
次第に大きな輪を描きながら生きてゆく。
最後の輪はきっと描き終えないだろう、
それでも私は試みてゆくつもりだ。

私は神のまわりを、蒼古《そうこ》の塔のまわりを旋回する、
数千年にわたって旋回する、
しかも私はいまだに知らない、私が鷹《たか》であるのか、嵐であるのか、
それとも大きな歌であるのか。

＊

私の生まれてきたみなもと、暗黒よ、
私は炎よりもおまえを愛する、
炎は限られた一ところを
明るく照らしながら
世界を狭く区切ってしまう、
一歩外では何ものももはや炎のことを知らぬ。

だが暗黒はすべてを抱いている。
さまざまの物の形を炎を、獣たちを私を。
ああなんとそれは激しく摑《つか》むことだろう、
人間を、もろもろの力を——

それにふと私のかたわらで
一つの大きな力が動くかも知れないのだ。

私は夜を信じる。

＊

私の生はあなたがごらんになっているような、
急いで私の駆けおりてゆくこの嶮《けわ》しい時間ではありません。
私は背景の前の一本の樹《き》にすぎません。
私はたくさんの口のなかの一つの口、
しかも一番早く閉じてしまう口なのです。

私は二つの音《おん》の間の休止です、
その二つは互いになかなか馴染《なじ》もうとはしないのです、
「死」の音《おん》が高まろうとするからです――

でも暗いインターヴァルの中で

二つの音はふるえながら和解します。
歌はやはり美しい。

＊

私たちは大工です、徒弟や職人や親方です、
そうしてあなたを造ります、壮大な御堂であるあなたを。
すると時々まじめな顔付の旅の人がやって来て、
私たち大ぜいの頭の中を一筋の光明のように通り過ぎます。
そうしてふるえる指で私たちに新しい「骨《こつ》」を教えます。

私たちは揺れ動く足場にのぼります、
私たちの手にはハンマーが重く垂れさがります、
しかしとうとう一つの時間が訪れて私たちの額《ひたい》に接吻《せっぷん》します、
それは輝きながら、何もかも知っているように、
あなたの方から来るのです、海から風の来るように。

そのとき多くのハンマーの響きがあたりに立ちこめ、
一打一打、山から山へこだましていきます。
手もとが暗くなってはじめて私たちはあなたのもとを離れます、
するとあなたの次第に出来てゆく輪廓がほのかに夕靄《ゆうもや》に浮かんでいます。

神よ、あなたは偉大です。

＊

私が死んだら、神さま、どうなさいます。
私はあなたの水甕《みずがめ》です（もし私が砕けたら？）
私はあなたの飲み水です（もし私が腐ったら？）
私はあなたの衣です、あなたの関節です、
私がなくなればあなたはあなたの意味をなくします。

私のあとでは、近々と暖かい言葉で
あなたを迎えてくれる家もないでしょう。
あなたの疲れた足からはビロードの
サンダルが脱け落ちるでしょう、私はそのサンダルです。

あなたの大きな外套はあなたを離れ、
私が私の頬で褥《しとね》のように暖かく受けとめてあげた
あなたの視線は、私のあとを追い、
長い間私を捜すでしょう――
そうして日が沈むとき、
馴染《なじ》みない石のふところに身を横たえるでしょう。

どうなさいます、神さま。私は心配です。

「巡礼の書」より

＊

嵐の激しさもおまえを驚かすことはない、――
嵐が次第に成長するのをおまえは見てきたのだから、――
樹々《きぎ》は逃げる。逃げようとする樹々で
並樹は騎馬狂奔の姿になる。
そのときおまえは知る、彼らの逃げるその人こそ
おまえの求めて行く人であることを。
そしておまえが窓際に立っていると、
おまえの五感はすべてその人をうたう。

夏の長い日々、静かであった、

樹々の血液はひたすら昇った。
今おまえは感じる、一切をなす彼の中へ
樹液もふたたび落ちようとするのを。
おまえは木の実を手にしたとき
もう力を知ったと信じたが、
今やそれはふたたび謎となり、
おまえはふたたび一介の客となる。

夏は、何もかもおまえにはわかっている
おまえ自身の家のようだった——
今やおまえは自分の心の中へ
広野に出て行くように出て行かねばならない。
大きな孤独が始まる、
日々は耳聾《みみし》い、
風がおまえの五感から
枯れた木の葉のように世界を奪って行く。

空《うつ》ろになった梢《こずえ》の間から
空がのぞいている、まだおまえのものである空が。
今おまえは、大地となれ、夕べの歌声となれ、
その空の下にひったりと重《かさ》なる国となれ。
今、一つの物のように謙虚になれ、
現実へと成熟をとげた物のように——
うわさされているその人が来ておまえを摑《つか》むとき
真におまえを感じることができるように。

＊

私の目の光を消してください、私はあなたを見るでしょう、
私の耳をふさいでください、私はあなたを聞くでしょう、
足がなくても私はあなたのところへ行くでしょう、
口がなくても私はあなたを呼び出します。

私の腕を折ってください、私はあなたを抱きとめます、
私の心臓で手のように。
私の心臓をとめてください、私の脳髄が脈打つでしょう、
私の脳を燃やしてしまっても
私は血の流れにあなたを浮かべて行くでしょう。

＊

あなたを求める者はすべてあなたを試みます。
そしてあなたを見出す者は、あなたを
肖像や姿態に結びつけます。

私はしかし大地があなたを摑《つか》むように
あなたを摑みます。
私の成熟とともに
あなたの国も

熟《みの》ります。
私はあなたを証《あか》しする
空《むな》しい何も望みません。
私は今の時代が
あなたとは
ちがった名で呼ばれることを知っています。

私のためには奇蹟《きせき》などはお示しにならないでください。
世代から世代へと
ありありと顕《あら》われる
あなたの法則を正しいとしてください。

＊

あなたは謙虚の心をお思いです。しずかに

あなたを理解して面《おもて》を伏せていること。
夕方若い詩人たちはそのような様子で
人里はなれた並木路を歩きます。
子供が死んだとき
農夫たちはそのような姿で亡骸《なきがら》をとり囲みます。——
そして、起こっているのはいつも同じなのです、
いつも大きすぎる何事かなのです。

あなたにはじめて気づいた者は
隣人も時計もさまたげになります、
彼は身を屈《かが》めてあなたの足跡をたどり
重荷を負った者、年老いた者のようになります。
後にようやく彼は自然に近づきます、
そして風を感じ、遠くを感じます、
平野のささやきによってあなたを聞き
星々に歌われるあなたを見ます、

そしてもうどこに行ってもあなたを見失うことはありません、
一切はただあなたのマントにすぎません。

彼にとってあなたは新しく近く優しい存在です、
しずかな船で大きな河を
ひっそりと辷《すべ》ってゆく旅のようにすばらしいのです。
陸は広く、風に包まれ、平らかで、
広大な天空にさらされ
蒼古《そうこ》の森林に支配されています。
近づいてくる小さな村々は
再び鐘の音のように消えていきます、
昨日のように、また今日のように、
そして私たちの見たすべてと同じように。
しかしこの河の流れの岸には
絶えずまた町が現われ
羽ばたくように、たのしい船旅を迎えます。

そして時として船は、村もなく町もない
寂しい場所に立ち寄ります、
その場所は水際に何かを待ちうけています、——
ふるさとを持たぬ人を待つのでしょうか……
そんな人のためにそこには小さな馬車が待ち
(どれも三頭の馬にひかれます)
息もつかず夕闇《ゆうやみ》の彼方《かなた》へ走り去ります、
道は早《は》やその夕闇のなかに消えていきます。

＊

この村のはずれの家は
世界の涯《はて》の家のように寂しく立っている。

この小さな村が引きとめない道は

ゆるゆると夜闇の中へまた出て行く。

小さな村は広野《こうや》と広野との間の一つの
過渡にすぎない、何か知らぬ予感におどおどとふるえて。
野の小径《こみち》ではないがただ一筋家々の前を走っている道。

そうして村を出て行く者は永くさまよい、
多くの者は途中で死ぬのかもしれない。

＊

あなたは未来です、永遠の平野の上の
大いなる東天紅《しののめ》です。
あなたは時代の夜のあとの鶏鳴《けいめい》です、
露《つゆ》です、朝の勤行《ごんぎょう》です、少女です、
見知らぬ男です、母親です、死です。

あなたは変身する姿です、
常に孤独に運命の中からそびえ立つ姿です、
歓呼されることもなく、悲しまれることもなく、
原始の森のように名前もなく。

あなたは事物の深い精髄です、
その本質を示す究極の言葉はもらさず、
他人《ひと》には常に異なる姿をあらわします、
船には岸、陸には船として。

「貧困と死の書」より

＊

おお主《しゅ》よ、各人に「彼自身の死」を与えたまえ。
各人が愛と意味と、ぎりぎりの悩みとを経験した
そういう生から生まれる死を。

＊

なぜなら私たちはただ果皮であり果葉であるにすぎません。
各人が自分の内に持っている偉大な死、
それこそ果実であり、すべてがその周りをめぐる中心です。

この果実あるがために、少女は少女となり、
しなやかな若木のように琴《ラウテ》の響きの中から伸び育ちます、
そのためにまた、少年は男になることにあこがれます。
そうして女たちは育ってくる者らのために、
だれも聞いてくれない不安の優しい聞き手となります。
そのためにまた観られた物は、とうに消え去った後にも、
永遠の物のようにとどまるのです、――
そして造型し建造する者は
この果実あるがために世界そのものとなり、氷と結び露《つゆ》と置き、
風となってその果実にそよぎ、陽《ひ》の光となって降りそそぎました。
この果実の中へは、心臓のすべての熱、
脳髄の白熱が浸《し》み込んでいきました――、
ところが今あなたの天使たちは渡り鳥のように群れて過ぎ、
私たちの果実がすべてまだ青いのを見出すのです。

*

都会はしかし自分のことしか考えない、
そして一切を自己の流れの中に引きずり込む。
うつろな朽木を倒すように動物たちを打ち砕き、
多くの民衆を劫火《ごうか》の中に消尽してしまう。

そして都会の人間は文化の奴隷《どれい》と化し、
平衡と均斉を失って深い谷間へ転落し、
蝸牛《かたつむり》の這《は》った跡にも似たものを進歩と称し、
以前ゆるやかに走っていたところを目まぐるしく駆け、
娼婦のような感じで、きらびやかに飾り立て、
金属やガラスをやたらとがちゃつかせる。

毎日何かしら詐《いつわ》りに愚弄《ぐろう》されているようで、
彼らはもう彼ら自身であることができない。
貨幣は増大する一方で、ほしいままな暴威をふるい、

東風のように強大だが、それに引きかえ
彼らは小さく、吹き上げられて今にも叩きつけられそう。
酒や、また動物と人間との体液のあらゆる毒素が
はかない仕事への刺戟《しげき》を与えてくれるのを待ち受けている。

『形象詩集』より

恋する女

そうです、私はあなたをお慕《した》いしているのです。私はもう
私がわからなくなりながら私自身の手から辷《すべ》り落ちてゆくのです。
あなたのお傍《そば》からくるのでしょうか、何か
真剣に迷わず脇目《わきめ》もふらず、私の方へ迫ってくるものを
防ぎ止めるすべもなく。

……あのころ、ああ、私はなんとまだ私一人で安らっていたことでしょう。
私を呼ぶ何物も、私を裏切る何物もなく、
私の静かさは石の静かさでした、
その上をさらさらと小川の水が流れるような。

けれども春が来たこの幾週、何かしら
無意識の、ほのかに暗かった年月から

すこしずつ私を引き離してゆくものがあります。
何かが私の貧しいあたたかな生命を
だれかは知らぬ人の手に渡してしまったのです、
昨日《きのう》までの私が何であったかも知らない人の手に。

隣人

だれがひくのかヴィオロンの音《ね》よ、私のあとを追っているのか。
今までにもうどれくらい、遠い都会で
おまえの孤独な夜が私の夜に語りかけてきたことだろう。
数限りない人々がおまえをひくのか？　それとも一人か。

大きな都会にはどこにでも
おまえなしにはもう流れの中に自分を
失ってしまったかも知れないような人々が住んでいるのか。
それにしてもなぜいつも私にその音《ね》がきこえてくるのだろう。

なぜいつも、不安に耐えかねて
おまえをむりにもうたわせ、
「人生はすべての物の重みより重い」と
言わせる人々の私は隣人なのだろう。

カルゼル橋

橋の上に立つ盲目の男、
名もない国の境の標石のように灰色に、
この男はたぶん、遠くからくる星々の時間が
まわりを流れる中にみずからは常に変わらぬある物、
星辰《せいしん》の静かな中点なのかもしれぬ。
一切の物が彼をめぐって彷徨《さまよ》い流れ華美を競うている
この男こそは、混乱の道のあなたこなたに立つ

不動の正義者かもしれぬ。
表面ばかりの時代に
地下に通じる暗い入口かもしれぬ。

嘆き

ああ、なんとすべてが遠く
そして遥か昔に過ぎ去ってしまっていることだろう。
今私が受け取る星の光は
数千年前に
滅んでしまった星からくるのだ。
通り過ぎて行った
船の中から
何か不安な声がきこえたような気がする。
家の中では時計が
鳴った……

だがどこの家ともわからない……
私は私の心の中から出て
広い空の下に立ちたい。
私は祈りたいような気持ちだ。
これらすべての星の中で一つぐらいは
実際にまだ存在しているはずと思う。
どの星が孤独に
まだ生き残っているかが
わかるような気がする、
どの星が光の筋の果てに立つ白い都会のように
空の深みに浮かんでいるかが……

寂　寥

寂寥《せきりょう》は雨のようだ。
それは海から夕闇《ゆうやみ》こめた岸べに打ち上げ、

人里はなれた広野《こうや》から
いつも寂寥のこめた空にむかって昇る。
そうして空から街の上に降る。

薄明の時間を、雨となって降りそそぐ、
すべての小路《こうじ》が東雲《しののめ》の方角に走るとき。
期待を裏切られた二つの肉体が
幻滅と悲哀とを感じながらはなれるとき、
そうして憎み合う人と人とが
一つ寝床に眠らなければならぬとき、
そのとき寂寥は川となって流れてゆく……

秋の日

主《しゅ》よ、時節がまいりました。夏はまことに偉大でした。

日時計のおもてにあなたの影を置いてください。
そうして平野にさわやかな風を立たせてください。

最後の果実らに、満ち満ちるようにお命じください。
彼らにもう二日だけ南国のように暖かな日をお恵みください。
果実らをすっかりみのらせ、重い葡萄《ぶどう》の房に
最後の甘味を昇らせてください。

今家を持たぬ者は、もう家を建てることはないでしょう。
今ひとりでいる者は、長くそのままでいるでしょう、
夜ふけて眠らず、本を読み、長い手紙を書き、
そうして並木路を、あなたこなたと
不安げにさまようでしょう、木の葉が風に舞うときに。

秋

木の葉が散る、遠いところからのように散る、
どこか空の遥かな園が冬枯れてゆくように。
木の葉は否《いな》むような身振りで散ってくる。

そして夜々、重い大地は
星々の間から寂寥《せきりょう》の中へ落ちてゆく。

私たちはみな落ちる。ここにあるこの手も落ちる、
そうして他の人々を見るがいい。落下はすべてにある。

だがこの落下を限りなくおだやかに
その手に受け止めてる一人のひとがある。

予　感

私は遥かな地平に取り巻かれて立つ一つの旗。
私は来《きた》るべき風を予感し、下の物らが
まだ動かないうちから、その風を身に受けて生きる。
戸はまだおだやかに閉まっており、暖炉は静かに燃えている。
窓はまだふるえず、埃《ほこり》はまだ重く沈んでいる。

そのときもう私は嵐を知って、海のように激している。
私は大きくはためくかと思えば畳み込むように縮《ちぢ》み、
あるいは激しく身をたたきつけ、そうして
茫々《ぼうぼう》たる嵐の中でまったくのひとりだ。

観る人

私は木々に嵐を見る、
寒さのゆるんだ昼間の方から
不安げな私の窓を打ってくる。
私は遠くに物の声音《こわね》を聞く、
友なしには耐えられないような、
姉妹なしには愛《いと》しめないような。

そのとき、嵐は変革者だ、
森をぬけ、時空をぬけて吹きまくる。
するとすべては年齢《とし》を忘れたようになる。
風景は「詩編」の詩句のように
まじめに重々しく、永遠になる。

私たちの取り組むものはなんと小さいことだろう、
私たちに取り組んでくるものの、なんと大きいことだろう。
私たちが、もっと事物に似て、
大きな嵐のなすがままに任せるなら、——
私たちはひろびろと、名もないものになるだろうに。

私たちの捷《か》ち得るものは小さなものだ、
成功すら私たちを小さくする。
悠久《ゆうきゅう》にして非凡なものは、
私たちの力に適《かな》うものではない。
それはあの旧約聖書の
人と取り組む天使の姿。
争いの相手の手足が
金属の筋金のように引きしまるにつれて
天使は双手《もろて》の指でかきなでる、
深いしらべの絃《いと》をかなでるのにも似て。

この天使に打ち負かされる者、
時として争いをすら放棄する者、
その者こそ正義《ただ》しき者として、すっくと、
丈高く、あの造型者の手のように
しっかりと彼にまつわりつく冷厳の手から出て行く。
捷《か》ちは彼を招くものではない。
彼の成長とは、絶えず大きくなりまさる者によって
いたくも打ち負かされる者であること。

『新詩集』より

少女の嘆き

私たちがみんなまだ子供だったころ
長くひとりでいたいと
ねがった心はやさしいものだった。
他の人々には争いの中に時が過ぎて行った。
そしてだれにでも自分だけの片隅があり、
自分だけの近さ、遠さがあり、
一つの道、一匹の獣、一つの絵があった。

そして私は考えていた、この人生には
いつまでたっても、ひとりだけの
思いにふけることが許されるのだろうと。
私は私自身の中でこそ一番大きな存在の中にあるのではないだろうか。
私自身のものがもう子供のころほどに

私を慰めることも理解することも望まないのだろうか。
とつぜん私は放逐《ほうちく》されたもののようになり、
私にはこの孤独があまりにも
大きすぎるものになって行く、
私の胸の二つの丘の上に立って
私の感情が、はばたく翼か、
さもなければ終焉《しゅうえん》を求めて叫ぶとき。

恋歌

私は私の心をどのように保てばいいのでしょう、
私の心があなたの心に触《ふ》れないようにしておくには？　どうして
あなたの向う側にある物らに私の心を届かせたらいいのでしょう。
ああ、この心をどこか暗闇《くらやみ》にまぎれて立っている
何かの物の蔭《かげ》に匿《かく》してしまえればいいのですが、

あなたの心の奥底でふるえるものが、すぐ伝わらない
どこか見知らぬ、ひそかな場所に。
しかし私たちに触れるすべての物は、
すぐ私たち、あなたと私とを一つに結び合わせてしまうのです、
二つの絃から一つの音を引き出す
ヴァイオリンの弓にも似て。
どのような楽器に私たちは張られた絃なのでしょう、
どんな奏者が私たちをひいているのでしょう。
ああ美しいうた。

詩人の死

彼は横たわっていた。彼の持ち上げられた顔は
高い枕の中で蒼《あお》ざめ、何ものも寄せつけないようだった。
世界と、世界についてのあの知恵が
彼の五官からもぎ取られ、

かかわり知らぬ四季の流れの中にもどって行ってから。

生きた彼を目にしていた者らは、
彼があれらすべてのものとどんなに一体であったかを知らなかった。
あの谷、あの草地、あの川や湖、
すべてがそのまま彼の顔だったのだ。

おお彼の顔はあの限りない広さそのものだった、
それが今なお彼の方に近づき、彼を求めようとする。
だが今や不安な様相を示して死滅して行く彼のマスクは、
空気にふれて腐って行くくだものの
内側のようにやわらかく、開いている。

日時計の天使

シャルトル

鬱然《うつぜん》たる大伽藍《だいがらん》をめぐって
思いにふける否定者のように吹きおろす風の中に
私たちはふとやさしい微笑の息吹《いぶき》に
おんみの方にひき寄せられるのを感じる。

微笑する天使よ、感じやすい形姿よ、
百の唇の精髄をすぐって造られたその唇よ。
私たち人間の時間が、満ちみちた日時計の
面《おもて》からどんなにはかなく辷《すべ》り落ちるか、おんみはすこしも気づかないのであろうか。

日時計の面では一日のすべての数が同時に、
すべて同じに真実に、深い平衡を保って、
あたかもすべての時間が豊かにみのっているかのよう。

何をおんみ、石の天使よ、おんみは私たちの存在について知っていよう、

そしてそのまま、ひとしお無垢《むく》の顔ほころばせて
恐らくおんみはその日時計の面を夜の中へ掲げて行くのでもあろうか。

薔薇窓

その内部。彼らの脚の物憂《ものう》い歩みが
静寂をかもし出す、きみが途方にくれるほどに。
それからとつぜん猫族の一匹が、
見る者の、定まらぬ視線を

否応《いやおう》なく彼女の大きな目の中へ捕えるように——
視線は、ぐるぐる回る渦に吸い寄せられ、
ほんのしばらくその表面にとどまるが
やがて吸い込まれ、もはや意識を失ってしまう、

見かけはしずかに動かない目だが、

大きく開くと見るまに激しい勢いで閉じ、
見る者の視線を赤い血の深淵に巻き込んでしまう——。

そのように、大伽藍《だいがらん》の暗がりの中から、いつの日か
大きな薔薇窓《ばらまど》が人の心をひっ摑《つか》み、
神の中へと連れ去るであろう。

死体収容所

そこに並んで横たわっている彼らの様子を見ると、
互いを結び合わせ、この寒さとも
融和させるような何かの行為を
今からでも見つけなければ、と思っているふうだった。
そう、すべてはまだ終わってはいないかのようだ。
ポケットにどのような名前が一体

見つかるというのだろう? 彼らの口のまわりの
倦厭《けんえん》の表情を人は洗い落そうとした。

それは落ちなかった。ただ純粋になるばかりであった。
ひげはしかし、幾分固くなってはいたが、
番人の好みに応じてきちんとそろえてある、

それはただ、物珍しげな参観人に嫌悪の念を起こさせないためだ。
目は彼らのまぶたの背後で
方向を逆にとり、今は内部を見つめていた。

豹

パリ、ジャルダン・デ・プラントにて

豹《ひょう》の瞳は、過ぎ去る鉄棒の列のために
疲れてもう何も捕えることができない。

数限りない鉄棒の列があり、その背後に
世界はもう消えてしまったかのよう。

狭い、小さい円を描き続ける
しなやかに逞《たくま》しい足の、柔らかな歩みは、
すさまじい一つの意志が麻痺《まひ》して立つ
中点をめぐっての力の舞踏か。

ただ時どき、瞳孔の幕も音もなく
引き上げられる、――すると何かの姿がその中へ入って行く、
それは四肢の張りつめた静寂の中を通りぬけ――
心臓にはいってふと消えてしまう。

幼年時代

心をしずめてゆっくりと考えてみるのはいいことだろう、

あのように失ってしまったものを思い出し、口に出そうとして。
たとえばあの長い、幼年時代の午後のことを。
それはもうけっしてもどって来なかった――なぜなのか？

今でもはっとすることがある、たとえば雨のふる中など。
でも私たちはもうわからない、それがどうしたのか。
もう二度とふたたび、あのころほどに人生が、
出会いと、再会と、別れとに、そのように

満ちていたことはない。私たちに起ることが
物や獣に起ることと何の変りもなかったあのころほど。
あのころ私たちは人間的なものに劣らず物や獣のいのちを生きていた、
そして溢《あふ》れるほど形象で一ぱいになっていた。

だのに次第に牧人のように孤独にされ、
限りもない遥かさを担《にな》わされ、

遠くから呼び寄せられ触《ふ》れられたように、
次第に、一本の長い新しい糸のように
絵巻物の中に織り込まれてしまい、
その中で永らえることに私たちは今心を乱している。

タナグラ

ほんのわずかの素焼の土、
偉大なギリシアの太陽が焼いたのでもあろうか。
ふとした少女の手の
表情がそのままもう
永遠に滅びぬものとなってしまったよう。
みずからの感情から、外の
何に向かってさし伸べられるのでもなく、
ただ、ふとあごに当てがわれた手のように
われとわが身に触《ふ》れるだけ。

私たちはこれらの像を一つ一つ
手に取り上げて、回してみる。
するとどうしてこれが不滅なのかが
どうやらわかるような気がする、——
しかし私たちはもっと深く、
もっとすばらしく献身的に、
真に存在した過去の物に心を傾けることを知らねばならぬ、
そうしてたぶん、一年前より
いくぶん明るい微笑を浮かべることができるようにならねばならぬ。

失明して行く女

お茶のテーブルに向かっているところを見ると、他の女と変わったところはなかった。
はじめはただ、他のひととはちょっとちがった茶碗の持ち方をするような気がしただけだ。
一度微笑《ほほえ》んだ。その微笑みは心を痛くした。

そしてとうとうみんなが立ち上がり、話しながら
ゆっくりと、そして偶然のように
多くの部屋を通りぬけて行ったとき(人々は笑いさざめいていた)、
私は彼女を見た。彼女はみんなのあとから

ひかえめな態度で歩いていた、もうすぐ多くの人の前で
うたわなければならないひとのように。
喜びの色を浮かべた彼女の明るい目の中には
池の面のように、外からの光が映っていた。

彼女はゆるゆると随《つ》いて行った。そして長くかかった。
まだ何か乗り超えなければならぬものがあるかのように。
しかし、それを一旦《いったん》乗り超えれば、

もう歩くのではなく、飛んで行くであろうと思われる姿だった。

別　離

別離とは何かを私は痛いまでに思い知った、
そして今もありありとそれを感じる、暗い耐えがたい
むごい或るもの。それは美しく結び合わされたものを
もう一度示し、さし出し、そして引き裂いてしまう。

私はすべもなくただ見守るのだった、
私を呼びながら、私を去らしめ、
後に遺《のこ》るものを。何かしら女という女がそこにこもっているような、
それでいて小さく、白く、それはただ

もう私にはかかわりなく、かすかに
ふり続けられている手かもしれぬ——もう何と

言っていいかわからないもの、恐らくそれは
郭公鳥《かっこう》がふいに飛び立ったあとの一本の李《すもも》の樹《き》。

水色のあじさい

これらの葉は絵具《えのぐ》壺《つぼ》の底に残った緑のようだ、
水気を失い、葉尖《はさき》も鈍く、ざらざらしている。
その前にある花房《はなぶさ》の水色も
在《あ》るというよりは、ただ遠くの反映にすぎぬかのよう。

その反映も涙にとけ、模糊《もこ》として、
今にもまた消えてしまいそう。
古い水色の書簡箋《しょかんせん》のように
黄色や、菫色《すみれいろ》や灰色の斑《ふ》ができている。

子供の前掛のように洗いざらしで、

もう着られなくなって、どこかへつっ込んでしまったもののよう。
小さな生命のはかなさが何と胸に沁《し》みることだろう。

だが、とつぜん、水色はよみがえってくる様子、
花房の一つに。緑を背景に歓《よろこ》びをとりもどした
水色のかたまりを見ていると心がふるえてくる。

驟《しゅう》雨《う》の前

とつぜん園のすべての緑から
何かわからぬ或るものが取り去られる。
雨がもう窓の近くまで迫って、
押し黙っているのが感じられる。ただ、慌《あわただ》しく、はげしく、
林の中から雨告げ鳥の啼《な》く声がきこえる。
何となく思われるのは聖ヒエロニムスのこと。

この一つの声から、そんなにも孤独なもの、ひたすらなものが
湧《わ》き出してくる。やがてこの声を
ふりくだる雨だけが聞くだろう。広間の壁に
かかった絵がみな私たちから遠のいてしまった、
私たちの話し声を聞くことをはばかるかのように。

色あせた壁掛が、
こわかった子供のころの
午後そのままの不安な光に映《は》えている。

ローマの噴水

ボルゲーゼ*

古い大理石の円形の水盤の中央に
重なり合って二層の皿がそびえ、

上の皿からたえず湧《わ》く水が
かすかに、受けて待つ水にしたたり、

かすかな音をたてて落ちる雫《しずく》を
ひっそりと迎え入れる水は、暗緑の底に
きよらかな空をうつす、くぼめた掌《て》に
のせられた見知らぬ物のように。

しずかに美しい皿の中で、水は郷愁もなく、
幾重《いくえ》にも幾重にもみずからの輪をひろげ、
ただ時々夢のように、青苔《あおごけ》をつたう

雫となって鏡のような水盤に落ち、
反《かえ》す光がほのかに皿の裏側を明るませる、
此岸《しがん》を超えて行く者の微笑のように。

＊ Borghese. ローマの庭園。〔訳注〕

メリーゴーラウンド

リュクサンブール公園

屋根もその影もいっしょにぐるぐると
しばらく回る色とりどりの
馬の一群、滅び去るまでには
ずいぶんかかるあのおとぎの国から来たのだろう。
なかには車を引いているのもあるが、
みんな勇ましい顔をしている。
怒ったような真赤《まっか》な顔をしたライオンもいっしょに回る、

そして時どき、白い象。

森の中そっくりに牡鹿も一匹、
ただその背には鞍《くら》が置かれ、

ちょこんと乗った小さな青服の女の子。

ライオンには白服の少年がまたがり
汗ばんだ手に手綱《たづな》を引きしめる、
だがライオンは歯をむき出し、舌をのぞかせている。

そして時どき、白い象。

馬にまたがって、次から次へどんどん通る。
明るい髪の少女たちもいる、馬で走るにはどうやら
もう大きすぎる少女たち。揺られながら
彼女らは目を上げ、あらぬかたを見やっている――

そして時どき、白い象。

それは終りを見つけようと一心不乱にいそぐ姿、

だがいつまでも回るばかりで、終点はない。
赤や緑や灰色がかすめて過ぎ、
小さな横顔が浮かんだかと思うまもなく過ぎて行く。
そして時どき、ちらり、こちらを向いて
笑う顔、幸福そうな、まぶしいばかりの笑顔、
息もつかず盲のように走るこの遊戯に空《むな》しくそそがれる微笑。

古代のアポロのトルソー

両の眼球が美しい成熟をとげていた
その類を絶したアポロの頭部を私たちは知らない。
だが頭部を失った胴は今も大きな燭台《しょくだい》のように燃えている、
その、物を見る目は内へとねじ向けられただけで
失《う》せることなく輝いている。さもなくて、どうして
あの胸の隆起がおまえの目をくらませることができよう、

かすかにひねった腰の線から、微笑《ほほえ》むような輝きが
あの創造の力はらむ中点へとそそいで行くことがあり得よう。

さもなければ、これはただ奇型の石の塊《かたまり》にすぎず、
透明な飛瀑《ひばく》のような両肩の下に、ずんぐりとうずくまる石にすぎまい。
そしてこんなに猛獣の毛並のような、ほのかな輝きを発することもなく、

あらゆる周辺から星のように光芒《こうぼう》となって
溢《あふ》れ出ることもあるまい。だが、この像は
すみずみまでこちらを見ている目だ。おまえはおまえの生き方を変えなければ
ならぬ。

復活者

彼はこれまでついぞ
彼女が自分の愛を誇ることを

彼女に拒み、否定し通すことができなかった。
彼女は悲しみの衣をまとって、崩れるように
十字架の下に倒れかかった。その衣は
一面に彼女の愛の大きな宝石に飾られていた。

しかし、それから彼女が彼に香油を塗ろうと、
頬を涙にぬらしながら、墓に近づいたとき、
彼は彼女のために復活してしまっていた、
いっそうはれやかな方法で彼女に「否《いな》」と言うために。

彼女は彼女の洞穴に帰ってはじめて悟った、
死に力を得た彼が、ついに彼女に禁じてしまったのだと、
香油を塗る慰めの動作も、
感傷のほのかなうごきすらも。

それは彼女を愛の女性にするためだった、

もはや愛する人に心傾けず、
大きな嵐に引き込まれて、もう彼の声を
凌駕《りょうが》してしまう存在となるように。

死体洗滌《したいせんじょう》

老婆らは彼に慣れてしまった。だが
炊事場のランプがともされ、吹きぬける
暗い風の中で不安げに揺れたとき、その未知の男は
全く馴染《なじ》みない者になった。彼女らは彼の頸《くび》を洗っていた、

そして彼女らは彼の運命のことは何も知らなかったので、
でたらめの運命を作り上げていった、たえず
洗う手は休めないで。一人が咳《せ》き込んで
その間たっぷり酸を含んだ海綿を

彼の顔の上に置きざりにした。もう一人の老婆も
しばらく手を休めた、堅いブラシから
雫《しずく》がポトンポトンと落ちた。その間彼の
ぞっとするような痙攣《けいれん》した手は、彼がもう水を飲みたがっていないことを
家じゅうに証明しようとしていた。

そして彼は証明した。狼狽《ろうばい》したように老婆らは
短い咳を一つすると、今度はせっせと
仕事を始めた。壁紙の、音もない模様の上に
彼女らの折れ曲がった影が身をねじらせ、

網にかかった魚のように踊っていた、
彼女らの仕事が終わるまで。
カーテンのない窓枠にかこまれた外の夜は
容赦もない暗さだった。そして名前を持たぬ男は
裸で、汚《けが》れもなく横たわり、掟《おきて》を与えていた。

老いた女たちの一人

パリ

宵《よい》の街に時として（どのような気がするか、きみは知っているだろうか）
とつぜん彼女らが立って肩越しにうなずき、
半《なか》ば顔をかくす帽子の下から
繕《つくろ》いだらけの微笑を見せるとき。

彼女らのそばには一つの大きな建物の壁が
果てしなく続き、それに沿って彼女らは
きみを誘う、謎のようなかさかさの肌、
帽子、肩掛、歩き方。

手はひそかにうしろに回され
ケープのかげからきみを求める、

ひろい上げた紙きれに
きみの手を包み込もうとでもするように。

群＊

パリ

だれかがせっせと花束に花を摘《つ》み集めるように、
偶然が急いでいくつもの顔をととのえ、
ほぐすかと思えばまた締めなおし、
はなればなれの二つを取り合わすかと思えば、近くの一つを抜きすて、
あれこれ入れ替えてみたり、ふっと息をかけてごみを払ってみたり、
中にまじっていた雑草をぬき棄てるように犬を一匹投げ出したり、
低くうなだれているのを、茎や葉っぱの
入り乱れた間から、頭を摑《つか》んで前に引き出し、

ふちの方に小さくくくりつけたりする。
それから身体を反らし、またあちこちいじりまわし、
ひょいとひと跳《と》びマットの中央まで

うしろにさがって全体を見わたすひまがようやく、
もうそこには入れ替りに力持ちの大男が
水ぐるまのように重い鉄棒をふりまわしている。

＊『ドゥイノの悲歌』の「第五の悲歌」で見事に形象化された「サルタンバンク」。広場の曲芸師と見物の群。〔訳注〕

蛇使い

市場の路上で、からだを揺すりつつ、蛇使いが
葫蘆笛《ひょうたんぶえ》を吹き鳴らし、心をかき立て眠らせるその笛の音《ね》のひびくとき、
ふと誘われて、屋台の雑踏の間から
笛の音の圏内へとはいってくる

人もなかにはあるかも知れぬ。
笛の音は執念《しゅうね》く切《せつ》なくそそのかし、
蛇をその籠《かご》の中で固く金縛りにし、
やがてまた、うっとりと縛《いまし》めを解く、

代わるがわる、驚きに身を固くし、またたらりと解け、
次第次第に酔ったようになり目がくらんでくる——
そのあとはもうただの一瞥《いちべつ》で事足りる。インド人は
ふとおまえの中へ見知らぬ女の姿を吹き込んでしまう、

おまえはその女の中で死ぬ。燃えさかる空が
まっさかさまにおまえの上に落ちかかる。おまえの顔の中央に
亀裂が走る。心をとろかすような匂いが
おまえの北国の思い出の上にかぶさり、

一切を無力にする。おまえを守る魔法はもう何もない。
太陽は沸騰《ふっとう》し、熱病が真向《まっこう》から襲いかかってくる。
悪の歓びに伸び極まった蛇の首は硬直し、
体内に輝く毒が充満する。

黒猫

幽霊はまだ、おまえの視線が音を立てて
ぶつかることのできる場所のようだ。
だが、この黒い毛皮にぶつかれば
どんなに鋭い視線も融《と》け去ってしまう。

激怒した人が気も狂わんばかりに
まっくらな床の上に地団太《じだんだ》を踏み、
ふいに、部屋の詰め綿のある壁の中に
自由を奪われ、吸い込まれ、消えてしまうように。

かつてそこに触れたすべての視線を
猫は毛皮の中に隠しているかのようだ。
そして威嚇《いかく》するように、腹立たしげに
こちらをにらみ返し、それを抱きかかえて眠っている。
だが、とつぜん、目をさまされたように、
猫はこちらに顔を向け、ぴたりとおまえの顔の中央をねらう。
そのときおまえは、彼女の丸い宝石のような目の
琥珀色《こはくいろ》の中に、ふいにおまえ自身の
視線にぶつかるのだ。死んだ
昆虫のように閉じ込められているおまえの視線に。

都会の夏の夜

都会の底は見る限り灰色の闇《やみ》にひたされ、
街灯のまわりになまぬるい雑巾《ぞうきん》のように

垂れさがっているものは、もう夜だった。
だが上空には、とつぜん、朦朧《もうろう》とした影のように、
家裏にぺったりとはりついた安っぽい
防火壁が、おののく夜空へ
浮かび上がったと見ると、
満月だった、満月のほか何もなかった。

それから町の上に、無垢《むく》な無傷な
夜空が次第にひろがって行き、
いつしか片側の窓全部が
しろじろと無人の町のように照らし出される。

海のうた

カプリ、ピッコラ・マリナ

海からの太古の風、

夜の海風よ、
おまえはだれのために吹くのでもない。
こんな夜ふけ、ひとりめざめている者は、
どんな思いで、この海風に
耐えねばならぬことだろう。
海からの太古の風、
それはただ古い巌《いわお》のためだけに
吹くのかもしれぬ、
遠い彼方《かなた》から
ただ茫漠《ぼうばく》たる空間を吹き寄せて。

ああ崖《がけ》の上の、月かげに照らされて
すくすくと枝を張る無花果《いちじく》の樹《き》は、
どんなにおまえを身に沁《し》みて感じていることだろう。

姉妹

ごらん、二人が同じ可能性を
別様に理解し、身につけている様子を。
二つの等しい部屋の中を
別々の時間が通りすぎて行くのを見るようだ。

どちらも相手を支えていると思っている、
実際は疲れて相手にもたれかかっているのだが。
そうして二人は互いの役に立つことができない、
以前と変わらず、やさしくそっと触れ合っても

ただ血に血を重ねるにすぎないのだから。
そうして二人は並木に沿って歩き、
導かれ、導くつもりになろうとしている。

ああ、彼らの歩みは同じではないのだ。

ピアノの練習

夏は静かな唸《うな》りに満ちている。午後は物憂《ものう》くなる。
彼女はふと狼狽《ろうばい》して、まあたらしい服の匂いを吸い込むと、
はげしい練習曲に
現実への焦躁《しょうそう》をこめた。

現実はあすにも、今晩にも来るかもしれなかった、
もう来ているのに、だれかが隠しているだけかもしれなかった。
そして突然、いろんなものの見える高い窓先に、
彼女はぜいたくに慣れた庭園を感じた。

そこで彼女は手を休めた。外を眺め、
手を組んだ。長い長い本が読みたいと思った。

そしてふいに、ジャスミンの香りを荒っぽく
払いのけた。この匂いがいけないのだと彼女は思った。

恋する少女

あれは私の窓。私は今ちょうど
うっとりと目がさめたところだ。
なんだか漂っているみたいだった。
どこまでがこの私の生身《いきみ》で、
どこからが夜なのだろう。

まわりのものはまだみんな
私自身みたいな気がする。
水晶の奥深くのように透明で、
ほの暗く、しんとしている。

私はあの星すらも私自身の内部に
抱きしめることができそうだ、私の心が
そんなに大きなものに思える。この心は
よろこんであの人を手放すことだってできそう、

たぶん私が愛しはじめ、
たぶん私が引きとめはじめているあの人を。
言いようもなく馴染《なじ》みない目つきで
私の運命がじっと私を見つめている。

こんな限りもなくひろがったものの下に
私はどうして置かれているのだろう、
草原のように匂いながら、
あちらへこちらへ揺れながら、

呼びながら、それでもやはり

だれかが聞きつけるのを恐れながら、
そうしてだれか他の人の中に
自分自身を失ってしまうように定められて。

薔薇の内部

どこにこのような内部を包む
外部があるだろう。どのような傷に
この柔らかな亜麻布《あまぬの》はのせるのだろう。
この憂《うれ》い知らぬ
咲き切った薔薇《ばら》の花の
内湖《うちうみ》にはどこの空が
映っているのだろう、ごらん、
薔薇はただそっと
花びらと花びらとを触《ふ》れ合わし
今にもだれかのふるえる手に崩されることなど知らぬかのよう。

花はもうわれとわが身が
支え切れぬ。多くの花は
ゆたかさあまって
内から溢《あふ》れ、
限りない夏の日々の中へ流れ入る、
次第次第にその日々が充ちた輪を閉じて、
ついに夏全体が一つの部屋、夢の中の
部屋となるまで。

鏡の前の貴婦人

眠り薬の中へ香料をとかすように、
婦人はそっと、水のように澄んだ
鏡の中へ、疲れた容姿をうつす、
そして微笑をたっぷりとその中にひたす。

それからその液が澄んで表面に浮かんでくるのを
待って、ふさふさとした髪の毛を
鏡の中へ流し入れる。そして驚くほど美しい
肩をイーヴニングドレスから露《あら》わしながら、
彼女は静かに自分の像《すがた》を飲む。恋人なら
陶酔のうちに飲むものを、彼女は
試すように、疑わしげな面持《おももち》で飲む。そうして
鏡の底に灯がともり、衣裳戸棚や
おそい夕暮の淀《よど》んだ空気が映っているのを見て、
ようやく彼女は侍女に手招きする。

子守歌

いつか、ぼくがおまえを失うようなことがあれば、

おまえはそれでも眠れるだろうか、
菩提樹《ぼだいじゅ》の樹冠のように、おまえの頭の上で
いつまでも愛の言葉を囁《ささや》くぼくなしで。

こうしていつまでも起きていて、
まるでまぶたのようにやさしい言葉を
おまえの胸に、おまえの腕や脚の上に、
おまえの口の上に押し当てるぼくなしで。

メリッサや茴香《ういきょう》の
花のむらがり咲く庭のように
おまえをそっくりぼくの内に囲い、
おまえにおまえのことはまかせておくぼくなしで。

山*

三十六度、そして百度、
画家はその山を描いた、
消し去り、ふたたび追いつめて行った
(三十六度、そして百度)

あの不可解な火山の実体に迫るまで——。
さわやかな山、誘惑に満ちた山、途方にくれさす山。
一方、輪郭をあたえられた画中の山は
その輝かしさを絶えまなく増して行った。

来る日来る日の光の中に山は千回もその姿を浮かばせ、
たぐいない夜々をも、身に合わぬ衣のように、
たえず無造作にぬぎすてながら、

一つの画面が完成すると同時にそれを廃棄し、
形から形へと上昇をつづけ、
無関心に、闊達《かったつ》に、いささかの邪念ももたず——
そうして、とつぜん、知の究極、自然の現象さながらに、
あらゆるものの隙間《すきま》から、その秀麗の姿を高くもたげた。

＊　この詩は北斎のことをうたっている。山は富士山のことである。けれども、それはまたセザンヌの本質とも通じるものである。〔訳注〕

ボール

まるいボール、おまえは二つの掌《て》の温みを
空中で、まるで自分自身のものを手放すように、
やすやすと棄ててしまう。物の中には
とどまり得ないもの、物にとってはあまりにかろやかすぎ、
あまりにも物でなさすぎるものを。でもそれはやはり立派に物であって、

外に累積するすべての物から、とつぜん
目にも触《ふ》れず私たちの内部にすべり込むもの。
それがおまえの中にすべり込んだのだ。おまえはと言えば

落下と飛翔との間でまだ決断しかねている者。高くのぼるときには、
投げる力をそっくり身につけ
持ち逃げし、それから手放す——、みずからはふと沈み、
とどまり、上空からとつぜん
遊戯者の位置を定め、
ダンスのような優雅なポーズをとらせ、

それから、みんなの期待と熱望のうちに、
すみやかに、単純に、無技巧に、全く自然に、
高く挙げた盃形の掌に向かって落下する。

『ドゥイノの悲歌』より

第一の悲歌

ああ、たとえどのように叫ぼうとも、誰が天使らの序列から
耳傾けてくれようか。そして仮に一人の天使が
突然私を胸にいだくことがあろうとも、私はその存在の
強烈さに耐えず滅びてしまうにちがいない。なぜなら
美は恐ろしきものの始めにほかならぬ。私らは辛《かろ》うじてそれに耐え、
そうして私らがそれを讃《たた》えるのも、むしろ私らを打ち砕くにも当たらぬと
それが冷酷に突き放しているからにすぎぬ。すべての天使は恐ろしい。
　それゆえ私はわれとわが身を抑え、暗いすすり泣きの
誘《いざな》いの声をのむ。ああ、では私らは誰を
たのむことができよう。天使ではない、人間ではない、
そして怜悧《れいり》な獣たちは、私らが意味の世界で
あまり安穏《あんのん》に住んでいるのでもないことを

いちはやく見ぬいている。私らに残されたのはおそらく
日ごとに見てすぎる丘の上のゆくりない一本の樹《き》か、
昨日の道だけかもしれぬ。それかまた、
何かの習慣だけ。それが躇《ため》いがちに私たちのそばを去らずにいるのも
私らのそばが気に入り、それで出て行かず残っているというにすぎぬ。
おお、そして夜、暗い夜、風は杳《はる》かな虚空《こくう》をはらんで
私たちの顔を吹《ふ》き削《けず》る――、夜は誰にでも残されていよう、あこがれ待った夜、
おだやかに幻滅をもたらす夜、ひとりひとりの心の前に
くるしくも立ちはだかる夜。恋し合う人々ならいくらかでも耐えやすくなると
いうのか。
ああ、彼らはただ互いに相手の運命を隠し合うにすぎぬ。
まだおまえは悟らぬのか。投げよ、腕の中から空虚を、
私らの呼吸する空間に向けて、おそらくは鳥たちが
そのひとしお優しい羽ばたきの裏に、ひろくなった大気を感じるでもあろう。
そう、年々の春こそおまえを必要としていたのだ。ある星はおまえに

感じとられることを求めていたかもしれぬ。過ぎ去ったものの中から
ふと一つの浪《なみ》がたかまりおまえに打ち寄せて来たこともあった、また
おまえが開いた窓ぎわを過ぎるとき、ヴァイオリンの音《ね》が優しく身をゆだねて
　来た。すべては委託だったのだ。
だがおまえはそれに報いたろうか。おまえはいつもまだ
そういうすべてのことが、いつかはくる恋人の先触《さきぶ》れでもあるかのような期
　待に
ぼんやりと心を遊ばせていたのではなかったか。(どこへおまえは恋人を隠そ
　うというのか、
大きな、なじみない思いが、おまえのもとに
出入りし、そしてしばしば夜、とどまるというのに。)
だがそぞろに心あこがれやまぬならば、うたえ、恋の女《おみな》らのことを。
彼女らのほまれ高い感情はまだ十分に不滅になりおおせてはいない。
あの、おまえのほとんど嫉《ねた》むまでに、見すてられた少女《おとめ》たち、かつておまえには
満たされ心鎮められたものらより遥かに恋心深く思えたものら。たえずまた
この讃《たた》え尽しえぬほめ歌をうたうがよい。

思い見よ、英雄は滅びを知らぬ。没落すら彼にとっては
ただ存在するための口実にすぎなかった。彼の究極の誕生だった。
だが恋の女らは、疲れはてた自然がまた
みずからのうちに引き取ってしまう、二度とこのような
仕事を企《くわだ》てる力がないかのように。おまえはガスパラ・スタンパのことを
心ゆくまで偲《しの》んだことがあるだろうか、恋人にすてられたひとりの少女が
この恋の女の高められた例にならって
私もあのようになれたらと感じるほどに。
ついに今こそ、昔ながらの痛みを、私たちにとって実《みの》り多いものと
すべき時ではなかろうか。恋しつつ
恋するものから離れ、ふるえつつそれに耐えるべき時ではなかろうか。
矢が、飛び立つときに力を集めて自己以上の存在となるために、
ひきしぼった弦に耐えるように。なぜならとどまるということはどこにもない
　のだ。

声、声。聴け、わが心よ。かつてただ聖者らがそのように

聴いたひたすらな姿もて。巨大な呼び声が聖者らを
地面から持ち上げたときも、彼らはひざまずき続け、
ああ途方もない人々よ、すこしもそれに心をとめなかった。
それほどに彼らは聴く者になりきっていたのだ。おまえが神の声に
耐えられるというのではない、けっして。だがあの風の如きを聴くがよい、
静寂から生まれるあの絶えることのない告知の声を。
ああ、こうしていてもきこえてくる、若くして死んだ者らのざわめきの声。
どこに立ち寄ろうと、ローマやナポリの寺院では
彼らの運命が穏やかにおまえに語りかけてはこなかったか。
あるいはまた、とある墓碑銘が気高くおまえに身を託して来たのではなかったか、
ついこのあいだのサンタ・マリア・フォルモーサの碑面のように。
何を彼らは私に望むというのか。それはおそらく
彼らの霊の純粋な動きを、時としていくらかさまたげる
不正の外観をひそかに取り除くことを私に望んでいるのでもあろう。
いかにも奇妙にはちがいない、地上にもはや住まわぬということは。

学び得たばかりの習慣をもはやおこなわぬということは。
薔薇《ばら》や、その他の、とりわけ期待のもてる物らに
人間の未来についての意味を認めないということは。
限りなくこまやかに気づかう手の中にかつて在《あ》ったところの存在では
もはやないということ、そしてみずからの名前すら
こわれた玩具のように棄て去るということは。
奇妙だ、望みをもはや持ち続けないということは。奇妙だ、
互いにかかわり合っていたすべてのものが、かくもばらばらに
空間の中をひるがえるのを見ることは。そして死後の存在は労苦に満ち
取り戻さねばならぬことはあまりに多い。ただ、そうすることによって
いくらかずつ永遠が感じられてくるという。――だが生きている者らは
すべて、あまりにも判然と区別するあやまちを犯す。
天使は(と、ひとは言う)しばしば、彼らが生者の間を行くのか
死者の間を行くのかを知らぬという。永遠の流れは
二つの領域をつらぬき、すべての時代を押し流しつつ、
両界にわたるその滔々《とうとう》たる響きの中にあらゆる時代の声をのみこむ。

ついに彼らはもはや私たちを必要とはしない、早くみまかった者らは。
穏やかに地上のものから離脱してゆく彼らのさまは、育ちゆく幼子《おさなご》が
おのずから母の乳房を離れて行くのにも異ならぬ。だが私たち、そのようにも
大きな
秘密を必要とし、悲哀の中からしばしば
幸福な進歩が生まれるこの私たちは――彼らなしに在り得ようか。
かつてリノスを喪《うしな》った嘆きのうちに
はじめて音楽がためらいを棄て、ひからび凝固した世界をつらぬいて鳴り響き、
ほとんど神と見まがう若者が突然に永久に姿を消した
驚きの空間の中にはじめて、空虚があのような振動を起こし、
それがいまに私たちの心を奪い、慰め、助けるというあの伝説は謂《いわ》れないもの
であろうか。

第九の悲歌

なぜ、生存の期間をあのように
月桂樹として、他のあらゆる緑よりも
いくらか濃く、すべての葉のふちに(風の微笑《ほほえ》みのように)
ささやかな波を湛《たた》えながら、過ごすこともできように——
なぜ人間として生きねばならぬ——そして、運命を避けつつ、
運命にあこがれる……

おお、幸福が在るからではない、
まもない喪失の、早まった先触《さきぶ》れであるあの幸福が。
また、好奇心からでもなく、心の熟達のためでもない、
それならば月桂樹の中にも在ろうものを……

そうではなく、この世の存在が大したことだからなのだ、また、どうやら
この世のあらゆるもの、この消えてゆくもの、
私たちとふしぎなかかわりを持つものらが、私たちを必要とするからなのだ。
消えゆくものの中でももっともはかない私たちを。一度きりなのだ、
すべてのものは、ただ一度きりなのだ。一度きり、そしてふたたびはない、
そして私たちもまた一度きり。ふたたびはない。だが
この一度きり存在したということ、ただ一度きりであるにしても、
この地上のものとして存在したということ、これは打ち消しようもないだろう。

それゆえ私たちは心急《せ》いて、そのことを成しとげようとする、
私たちの単純な手の中に包み持ち、
満《み》ち溢《あふ》れゆくまなざしの中、言葉ない心の中に保とうとする。
それになろうとする。——誰にそれを与えるのか。できることなら
一切を永久に手ばなさないでおきたいのだ……ああ、あの別の関連の中へ
何を持って行くというのか、ああ。この世で徐々に
学び取った観照も、この世で起こった出来事も持って行くわけにはいかぬ。何

一つ。

では悲しみ、では何よりもまず苦しみ、
では愛の長い経験か――つまりは
口には出して言えぬものばかり。だが、のちに、
星々のあいだにあって、それが何であろう。星々こそさらにすぐれて言いがたい存在なのだから。

旅人も山際の斜面から、誰にも言えない
土をひとすくい麓《ふもと》の谷間へ持ち帰ることはせず、
かちとった一つの純粋な言葉、黄と青とに咲いた
竜胆《りんどう》の花を持ち帰るではないか。私たちがこの世に在るのは、おそらく言うためなのだ、
家、橋、泉、門、水差し、果樹、窓、――
たかだか円柱、塔と……だが、言うためなのだ、
おお、物ら自身、かつてそのように存在したと
しみじみと考えたこともないほどに言うためなのだ。寡黙《かもく》な
大地のひそかな策略ではないのか、愛する者たちをうながし、

その感情の中でどの物もどの物も歓喜にふるえるようにするのは。
たとえば敷居、愛し合う二人が自分の家の戸口の、やや古びた敷居を、
以前の多くの人々や、のちにくる人々と同じように
ほんのわずか磨《す》り減らすこと……ああ、かろやかに、
二人にとってそれはなんという意味を持つことだろう。

ここは言い得べきものの時、ここはその故郷だ。
語れ、そして告白せよ。以前にもまして
物らは転落する、体験し得る物らは。そう、
彼らを追いやり、それに取って代わるものは、形象のない行為なのだ。
殻をかぶった行為なのだ、内部で行動が成長をとげ
その限界を変えるや否《いな》や、殻は未練もなく砕け去る。
打ちおろすハンマーとハンマーとのあいだに
私たちの心は耐える、舌が
歯と歯のあいだに耐えて、しかもなお
讃美の声を断《た》たないように。

天使に向かって世界をほめたたえよ、言いがたい世界をではない、天使に向かっては
おまえは感受したものの壮大さを誇ることはできない、天使が
さらにすぐれた感受をほしいままにする宇宙にあっては、おまえは新参者にすぎぬ。それゆえ
天使に向かっては単純なものを示すがよい、世代から世代へと形作られ、
私たちのものとして手のそば、まなざしの中に生きているものを。
彼に向かって物らを言うがよい。彼は驚いて立ちどまるであろう。かつて
おまえがローマの綱作りや、ナイル河畔の壺《つぼ》作りの傍《かたえ》に立ちどまっていたように。
彼に示すがいい、どんなに物らが幸福になり得るかを、どんなに無邪気に、そして私たちのものとなり得るかを。
嘆き訴える悩みすらどんなに純粋に形姿へと決意するかを、
物として仕え、あるいは物の中へはいって死ぬかを――、そして彼方《かなた》で
浄福に満ちた音色として提琴から流れ出るかを。そして、これら滅びゆくことによって

生きている物らは理解する、おまえが彼らをほめたたえることを。はかなく消えてゆくものとして
彼らは私たちに救いを期待して疑わない、消えゆくものの中でももっともはかない私たちに。
望んでいるのだ、私たちが目に見えぬ心の中で、まったく彼らを変身させることを、
内部へ——おお限りもなく——私たちの内部へと。たとえ私たちが結局何者であろうとも。

大地よ、おまえの望むのはこれではないのか、目に見えぬものとなって
私たちの内部で蘇《よみがえ》ること。——いつか目に見えぬものとなること、
これがおまえの夢ではないのか。——大地よ、目に見えぬものとなること。
変身でなくて、何がおまえの痛切な委託であろう。
大地よ、私は応じよう。おお、信じておくれ、私の心を
おまえのものとするのに、もうおまえの年々の春を必要とはしないことを。
一つの春、

ああ、ただ一つの春だけでも血の中に担《にな》うには重すぎる。
おまえへと向かう私の決意は名づけようもない、すでに遥かな以前から。
おまえは常に正しかった。そうしておまえの神聖な思いつきなのだ、
あの親しみ深い死のことも。

ごらん、私は生きている。なにゆえに。幼年時代も未来も
減りはしない……数を絶した存在が
今私の胸中にこんこんと湧《わ》きあがる。

訳　注

第一の悲歌

天使らの序列　リルケの言う天使は人間の不十分さ、はかなさの対極として考えられ、神の使いというより神または神々と言ってよいような存在である。「序列」に関してはキリスト教の考えが影響しており、天使らは一つの秩序を保って位置しているという。

恋の女《おみな》ら　リルケが愛の究極として考えたもの。愛の対象を現実には失った者らが、ついに神の愛のように報償を求めず一方的に流れ出、燃え続ける光のような愛を至高とした。ガスパラ・スタンパはその一例である。十六世紀イタリアの女性で、コラルティノ・ディ・コラルト伯との愛の破綻《はたん》から多くの詩を書き、三十一歳で世を去った。

巨大な呼び声が聖者らを……　このイメージはキリスト教神秘主義的体験から来ている。レヴィタツィオンといって、宗教的な恍惚《こうこつ》が人を空中に持ち上げると信じられ、宗教画にも描かれているという。巨大な呼び声は神の声である。リルケが「聴け」と言うのは、生死の区別を絶した「全体」「世界内面空間」に心を傾けよと言うのである。

サンタ・マリア・フォルモーサ　ヴェネチアの寺院で、壁画にラテン語の碑銘がある。「いのちありし日、ひとのために生きぬ。死してよりのち、われ失《う》せずして、冷たき大理石のうちにひとり生き続く。われはヘルマン・ヴィルヘルムといいき。フランドルはわがために悲しみ、アドリアはわがために吐息す。貧しさはわれを呼ぶ。かれ死するや、一五九三年九月十六日なりき。」

不正の外観　早死《はやじに》した者がこの世で十分自らを完成し使命を果たさなかったという外観。あるいは、彼らを早死させた何ものか(運命)に関して人々の抱《いだ》く感慨をさすのかもしれない。

リノス　最初ギリシアの自然崇拝の神であったらしい。またリノスの歌とは去りゆく夏の挽歌《ばんか》であった。リノスはやがて神話中の美青年とされ、歌や音楽の起源が彼の死に結びつけて考えられるようになった。

第九の悲歌

ローマの綱作り・ナイル河畔の壺《つぼ》作り　リルケの一九二四年二月二十六日アルフレート・シェーア宛の手紙の一節に、さりげない体験が自己の形成や開花に与えた影響の一つとしてあげている。「ローマで綱作りを見ながらすごした時間。世界でも最も古い手ぶりをその生業《なりわい》の中でくり返している綱作り、また全く同様に、ナイル河畔の小さな村の壺作り、その轆轤《ろくろ》の傍に立っていることは私には言葉に尽くせないものがありました……」

『オルフォイスに寄せるソネット』

ヴェーラ・ウッカマ・クノープの墓碑として書かれた

第一部

1

立ち昇る一樹。おお純粋の昇華！
おおオルフォイスが歌う！　おお耳の中に聳《そび》える大樹！
すべては沈黙した。だが沈黙の中にすら
あらたな開始、合図、変化が起こっていた。

静寂の獣らが　透明な
解き放たれた森の臥所《ふしど》から巣からひしめき出て来た。
しかもそれらが自《みずか》らの内にひっそりと佇《たたず》んでいたのは、
企《たくら》みからでもなく　恐れからでもなく

ただ聴き入っているためだった。咆哮《ほうこう》も叫喚も啼鳴も

彼らの今の心には小さく思われた。そして今の今まで
このような歌声を受け入れる小屋さえなく、

わずかに　門柱の震える狭い戸口を持った
暗い欲望からの避難所さえほとんどなかったところに——
あなたは彼らのため　聴覚の中に一つの神殿を造った。

2

そうしてこの少女にも似たものよ、それは
歌と琴《リラ》との融《と》け合った幸福の中から生まれた、
そして春の装《よそお》いのうすぎぬを透して輝いた、
そして私の耳の中に褥《しとね》を延べた。

そうして私の内に眠った。するとすべては彼女の眠りだった。
私がかつて讃嘆した樹々《きぎ》らも、あの
まざまざと感じられる遠方の事物も、私の素足に直《じ》かに触《ふ》れいつくしんだ草地も、

そして私みずからに関する時々のおどろきもみな。
彼女は世界を眠っていた。歌う神オルフォイスよ、なんと
あなたは申し分なく彼女を造ったのだろう、彼女はもう
目を覚ますことさえ忘れたかのようだ。見よ、彼女は生まれるとすぐ眠ってい
るのだ。
どこに彼女の死はあるのだろう。おおオルフォイスよ、あなたの歌が
消えゆくまでにそのような詩想《モチーフ》を思いつくことがあるだろうか――
だが何処《どこ》へ彼女は私の内から沈み去ってゆくのか……ああ少女にも似て……

3

神ならばできもしよう。だが教えたまえ、どうして
人はその貧しい琴《リラ》をたよりにそのあとに従うことができよう。
人の心は分裂にほかならぬ。二つの心の道の
岐れ目《わかめ》にはアポロの神殿は建っていない。

あなたの教える歌は欲望ではなく
ついにはやはり達し得るものへの求愛でもない。
歌は存在である。神にとってそれは容易の業《わざ》か知らぬ、
だが、いつ、私たちは真に存在するのか。いつ神は
私たちの存在に、大地の、星々の確かさを与えたもうか。
若者よ、おまえが愛し、そのとき声は沈黙を破って
口から湧《わ》くといえ、それではないのだ――かつておまえの
上げた歌声をも忘れるように努めるがいい。流れ去るのみの歌声は。
真に歌うこと、それは別な呼吸のことだ。
何のためでもない息吹《いぶき》。神の中のそよぎ。風。

4

おお　きみたち優しい者らよ、時には

きみたちを顧みぬ風の中に立つがいい。
その風をきみたちの頬で二《ふ》た分けにするがいい。
きみたちの背後に風は慄《ふる》えてふたたび閉じるだろう。

おお幸いな者ら、おお全《まった》い者らよ、
すべての心の発端《ほったん》とも見える者らよ。
矢をつがえる弓、矢の向かう的《まと》、
きみらの微笑は涙にぬれてひとしお久遠《くおん》の輝きに充ちる。

悩むことを恐れるな。苦しみの重さを
大地の重さに返し与えるがいい。
山々は重く、海は重い。

幼時、きみたちの植えた樹々《きぎ》さえ
今はもうあまりに重く、きみたちの力を超える。
だが風は……　だが空間は……

5

記念の石は建てぬがいい。ただ年々の
薔薇《ばら》の花を彼のために咲かせるがいい。
なぜなら　それはオルフォイスなのだ。あれもこれも
オルフォイスの変身なのだ。ほかの名を

私たちは苦しんで求めはすまい。歌うものあれば
かならずそれはオルフォイスだ。彼の去来は風のようだ。
水盤に浮かべた薔薇の花に時として二、三日
とどまるのが彼にはせいいっぱいのことかもしれぬ。

ああどんなに彼が消えゆかねばならぬか、きみらよ知るがいい、
たとえ消えゆくことが彼にとって不安であろうとも。
彼の言葉がこの地上の存在を歌いつつ超えゆくと見るまに

もう彼は彼方《かなた》にいる、きみらの随伴のかなわぬ彼方に。
琴《リラ》の格子《こうし》も彼の手をはばむことはできぬ。
彼は限りなく従順に、この世の境を超えてゆく。

6

彼はこの地上の者か？　いや、彼の広やかな本性は
二つの世界にまたがっている。
楊《やなぎ》の根を知る者こそ
楊の枝をよく撓《たわ》める者。

寝にゆくとき、テーブルの上に
パンを遺《のこ》すな　ミルクを遺すな。死者が誘《いざな》われて来るという――。
だが、呼び招く者、彼は
おだやかなそのまぶたの下に
死者たちの姿を、眺められたすべての物に混ぜるがいい。

そしてフマリアやヘンルーダの草のもつ魔法の力も
彼には疑いを容《い》れぬ関連と同様真実なものとなるがいい。

何物も　ひとたび彼に明らかとなった永遠の姿を損なうことはできない。
墓からであれ、部屋からであれ、
指輪を、締金を、水瓶《みずがめ》を、讃《ほ》め歌うがいい。

7

讃め歌うたうこと、これだ。讃め歌うたうことを使命として
彼は岩石の沈黙の中から鉱《あらがね》の湧《わ》き出すのにも似て
生まれ出た。彼の心は、ああ、人間にとって
限りも知られぬ葡萄《ぶどう》を搾《しぼ》る無常の搾木《しめぎ》。

埃《ほこり》にまみれても彼の声は嗄《か》れることを知らぬ、
神の範例が彼を摑《つか》むとき。
すべては葡萄の山となり、すべては葡萄の房となる、

彼の感受の南国の光の中に熟しては。
墓窖《はかあな》の中の王らの腐りゆく姿さえ
彼の讃め歌を偽りとすることはできぬ、また
神々の所から暗い影の落ちかかるときにも。

彼こそは常に滅びぬ使者、
死者らの戸口なお深く
讃め歌の木の実の皿を捧げゆく。

8

讃め歌の国の中をのみ嘆きは歩くことを許される。
涙の泉のニンフよ。
私たちの涙の澱《おり》が
門や祭壇のある岩のほとりで

浄《きよ》らかに澄むようにと見張るニンフよ。――
ごらん、彼女のひそやかな肩のまわりに
夜明けのように漂う感情、心の姉妹たちの中で
自分がいちばん年若いのだという思い。

歓呼は「知る」者、あこがれは告白者、
ただ嘆きだけがまだ学ぶ者、少女の指で
彼女は夜通し過去の禍《わざわい》の数をかぞえる。

だが突然、慣れぬ手つきでおぼつかなげに
彼女は私たちの声の星座を
彼女の息にくもらぬ空の高みに掲げる。

9

影らの中にあっても
琴《リラ》を掲げ奏《かな》でた者のみ、

限りない讃《ほ》め歌を
予感のうちに歌うことができる。

死者らとともに芥子《けし》の実を
彼らの芥子をたべた者のみ、
どんな微かな音色をも
もはや失うことがないだろう。

池の面《も》の反映は
私たちの目からおぼろに消えてゆくとも、
消えゆくことなき姿を知れ。

二重の世界においてはじめて
うた声は
永遠に　そして穏やかになる。

10

私の心を去ったことのないおまえたち、
古代の石棺よ、私はおまえたちに挨拶《あいさつ》を送る、
ローマの日のたのしげな水が遍歴の歌を奏《かな》でつつ
今なお　さんさんとその中に溢《あふ》れる石棺よ。

またあの、快活な、今目をさます牧童の
目のように開いている別のおまえたち、
――内部は静かさと踊子草《おどりこそう》の花に溢れ――
ひらひらと蝶《ちょう》が夢のようにとび立った……。

疑いの影をすっかり脱ぎ去ったものたち、
沈黙が何であるかを知った上で、
ふたたび開かれた口よ、私は挨拶を送る。

私たちは、友らよ、私たちは知らないだろうか？
二つの世界を知ってはじめて　はかない人間の顔の上に
時間はためらい　とどまるのであろう。

11

空を見たまえ、「騎手」という星座がなかったろうか。
ふしぎに深く私たちの心に灼《や》きつけられた姿、
大地の誇り、馬よ。そしてもう一つの者、
彼を駆り立て、引きとめ、彼に担《にな》われる者。

追われ、それから馴らされて、そうではなかったか、
存在そのもののこの逞《たくま》しい本性よ。
道と転回と、だが軽い拍車の一当てで足りる。
新しくひらける眼前の視野。そして二つは一つだ。

だが二つは本当にそうなのか？　それとも

両者は道を共にすることは考えないのか？
食卓と牧場とは両者をすでに名状しがたく分け距てる。
星と星とのつながりさえ目をあざむくものなのだ。
しかし形象を信じることに
しばしは喜びを感じよう。それでいいのだ。

12

私たちを結ぶ精神に祝福あれ！
まこと　私たちの生は形象のうちにある。
そうして時計は小刻みに慌《あわただ》しく
私たちの一日の真の時間の傍《かたわ》らを走る。
私たちの本来の位置を知ることなく
私たちは真の関連から行動している。
アンテナはアンテナを感じ

遥かな空間が間を支える……

純粋の緊張。おお力の音楽よ！
精神ののびやかな働きによって
すべての障礙《しょうがい》はおまえから除かれているのではないか？

農夫がどんなに丹精こめて働いても
穀物が夏のみのりに入るためには
彼一人の力ではどうにもならない。大地の恵みがないならば。

13

ゆたかな果肉にみちた林檎《りんご》よ、梨《なし》よ、バナナよ、
スグリよ……これらは皆、口へ入れると
死と生とを語りかける……予感のように……
くだものをたべている子供の顔から

それを読みとるがいい。それは遠いところから来る。
ゆるゆるときみらの口の中が名づけようもないものになってはいかないか。
いつも言葉のあったところに今は新しい発見が流れる、
驚きのようにふと果肉から溢《あふ》れ出たものが。

きみたちが林檎と呼ぶものを思いきって言ってみないか。
このうっとりとした甘さ、舌の上でそっとかき立てられ、
今ようやく濃さを増し、

めざめ、浄《きよ》らかに、澄明《ちょうめい》になり、
二重の意味を持ち、陽差《ひざ》しに充ち、大地のように、この世のものとなり——
ああ、この経験、感触、歓喜——なんという大きな！

14

私たちは花と、葡萄《ぶどう》の葉と、果実とまじわる。
それらはただ季節の言葉を語るだけではない。

闇《やみ》の底からさまざまの啓示が昇ってくる、
そしておそらくそれには、大地に力を貸すという
死者らの嫉《ねた》みの輝きが添わっているかもしれぬ。
そこで彼らの果たす役割の何を私たちが知ろう？
古くから、彼らの自由な骨髄を
粘土に沁《し》みわたらせるのが彼らの流儀というではないか。

ただわからぬのは、はたして彼らは喜んでそうするのかどうか？……
これらの果実のみのるのは、重苦しい奴隷たちの作業で
球となって私たち主人のところへ突き上げられてくるのではなかろうか。

だが彼らこそ主人ではないのか、根のところに眠っている彼らこそ？
そうして私たちに、その充ち溢れる豊かさの中から
寡黙《かもく》な力と接吻《せっぷん》との間のものを恵んでくれるのではなかろうか？

15

待て……この味わい……と思うまに早《は》や逃《のが》れゆく。
……音楽のひとふし、踊りの足ぶみ、口ずさむ歌――
少女らよ、きみら暖かな。少女らよ、きみら物言わぬ。少女らよ、
味わい知った果実の味を踊れよ。

オレンジを踊れ。誰がそれを忘れ得よう？
自らに溺《おぼ》れつつ、自らの甘さに
逆らうその姿を。それはきみらのものだった。
それは香《かぐわ》しい転身の果て、きみらとなったのだ。

オレンジを踊れ。暖かな風景をきみらのからだから
投げひろげよ。よくよく熟《みの》って
故郷の大気の中に輝き出るように。燃えるようなきみらよ、

一ひら一ひら覆いを脱いで芳《かんば》しい香りを張《みなぎ》らせよ。また血縁を結べ、
純粋な、みずからを拒むあの果実の外皮と、
憂《うれ》いない果肉に充ちた甘い液とに。

16

友よ、おまえが孤独なのは……
私たちは言葉や指でさし示すことによって
だんだん世界をわがものとしてゆく、
たぶん世界の最も弱々しい、最もあやうい部分だけだが。

誰が指で匂いをさし示す者があろう？——
ところがおまえは、私たちをおびやかす隠れた力を
いろいろ感じ取ることができるのだ……死者のこともおまえは知っている、
それにおまえは呪文《じゅもん》にだってすぐに驚く。

そうだ、そう言えば私たちがいっしょに

ばらばらな部分を全体であるかのように耐えることが必要なのだ。
おまえを助けることはむずかしかろう。特に

私をおまえの心の中に植えつけぬことだ。私はすぐに大きくなりすぎる。
けれども私は私の主人の手をとって案内し、こう言うだろう、
ごらんください、これはあの毛皮をかぶったエサウです。

17

一番下に大祖《おおおや》、縺《もつ》れ合い、
すべて生み作られた者らの
根、かくれた泉、
誰ひとり見た者もない。

闘いの兜《かぶと》、猟の角笛《つのぶえ》、
老い人の託宣、
兄弟あいせめぐ男ら、

琴《ラウテ》にも似た婦人たち……

ひしめき合う枝また枝、
どこにも自由な枝は見えぬ……
ああ一つ！　のぼれ……ああのぼれ……

だが、まだ折れる枝々。
ようやくこの最後の一つが梢《こずえ》で
ついに七絃琴《リラ》の形にしなう。

18

主《しゅ》よ、新しいものの
轟《とどろ》きを　地響きを聞かれますか？
その到来を告げ歩く
讃美の声もきこえます。

狂気じみたその轟きの中で
すべての耳は聾《ろう》せんばかりですが、
機械の方では今あくまでも
讃美の声をききたがります。

ごらんなさい、機械を。
そのすさまじく回転し、復讐《ふくしゅう》し、
私たちを不具にし、骨抜きにするさまを。

機械とて私たちから力を得るのです、
機械をして、激情なしに
活動させ、奉仕させましょう。

19

世界はすみやかに
雲の姿に似て移るといえ、

すべて完成されたものは
蒼古《そうこ》のものに帰属する。

世の推移転変を超え、
さらに遥かにひろびろと、
なお生き続くあなたの最古の歌、
琴《リラ》持つ神よ。

悩みはまだ識《し》られず、
愛もまだ学ばれず、
死の中に私たちから遠ざけられたものも
まだそのヴェールをはずされていない。
ただ広野《こうや》の上の歌のみ
すべてを聖《きよ》め、ことほぐ。

20

しかし主《しゅ》よ、あなたに私は何を捧げよう、言ってください、
万物に聴く耳を与えてくださったあなたに——
ある春の日の追憶を
ロシアでのその夕べを——、一頭の馬を……

あちらの村からその白馬はひとり走って来た、
前脚に杭《くい》を引きずったまま、
夜を草地にひとりいるために。
彼のたてがみがなんとふさふさとその頸《くび》を打ったか、

その無礼な邪魔物に
猛《たけ》り立った疾駆につれて。
駿馬《しゅんめ》の血の泉が何とはげしく躍ったことか。

それは限りない広野《こうや》を感じていた、言うまでもなく。
それは歌い且《か》つ聴いていた、――あなたの伝説の圏《わ》も
彼の内にこそ閉じられているようだった。
　この馬の姿を、私は捧げよう。

21

春がまた来た。大地は
詩をおぼえた子供のようだ。
たくさんの、たくさんの詩を……長い苦しい
勉強のおかげで今ごほうびをもらうのだ。

彼女の先生はきびしかったよ。ぼくたちは
御老人のひげの白いのが好きだった。
今度はぼくたちが、あの緑は何、青は何って
たずねてもいいのだ。彼女はできる、きっとできるよ！

大地よ、休暇になった幸福な大地よ、
さあ子供らと遊ぼうよ。さあ摑《つか》まえるよ、
たのしい大地よ。一番たのしいひとが捕える。

ああ、先生が教えたことを、たくさんのことを、
それから木の根や、長いむずかしい幹に
印刷されたものを、彼女はうたう、彼女はうたう。

22

私たちは漂いゆくもの。
だが時の歩みを
微かな出来事として受け取るがいい、
絶えずとどまっているものの中で。

すべて急ぎゆくものは
たちまちに過ぎる。

とどまるもののみ
私たちを真実の世界に導く。

少年らよ、おお、
空《むな》しい速さに、
飛翔《ひしょう》の試みに心を打ち込むな。

すべては穏やかに憩うている。
暗さも明るさも、
花も本も。

23

おお飛行がもはや
それ自らの目的をもって、
天空の静寂の中へ
自らに満ち足りつつ昇りゆき

成功した機械として
鮮やかなプロフィルを描きつつ
しなやかに、悠々《ゆうゆう》と翼を振りつつ
風の愛人を演じることをやめるようになるときはじめて――

成長してゆく機械の飛行が
少年の誇りの域を超え
純粋な「どこへ」を意味するようになるときはじめて――

真の獲得が与えられ、
遥かな涯《はて》に近づいた者は
孤独な飛行のうちに得た存在そのものとなる。

24

私たちは太古からの友情を、

一度も私たちの愛を求めない偉大な神々を、
私たちの厳しく育ててきた固い鋼鉄が知らないからと言って
打ちやり、あるいは俄《にわ》かに地図の上に探すべきだろうか？

私たちの許《もと》から死者を運び去る力強いこの友ら、
彼らは私たちの歯車に触れることがない。
かつての饗宴《きょうえん》を私たちは――かつての沐浴《もくよく》を遥かに
後にしてしまった、そして彼らから来る使者はあまりにのろく

絶えず私たちは追い越してしまう。さていっそう孤独に
ただ私たちだけを互いに頼りとし、しかも互いに知ることなく、
私たちの小径《こみち》はもう美しい螺旋《らせん》をなさず

一直線に走っている。かつての火は今はもう
ただ汽罐《きかん》の中にのみ燃え、絶えず大きくなりまさるハンマーを
振り上げる。だが私たちの力は萎縮《いしゅく》してゆく、泳ぎ疲れる人のように。

25

さてしかし私はおまえを、名を知らぬ
花のように知っていたおまえを、
もう一度だけよびさまし、彼らに示そう、奪い去られた者よ、
打《う》ち克《か》つことのできぬ叫びの、美しい遊びの友よ。

まずはじめ踊り子、からだいっぱいに躊《ため》らいを湛《たた》えて、ふと立ちどまると、
それは彼女の若さそのものを青銅に鋳《い》たかのようだった。
悲しみに沈み、ひたすらに聴き入る姿――。すると神々のところから
音楽が、いつか変貌を遂げた彼女の心に落ちかかった。

病気が近づいていた。もう影に侵《おか》されつつ
血潮が暗くせめいでいた。しかしふと思い直したように、
めぐり来る春は争えず咲《さ》き出《い》でた。

幾度も幾度も、翳《かげ》と落下とに遮《さえぎ》られつつ
それは地上の美しさに照《て》り映《は》えた。ついに恐ろしい高鳴りののち
拠《よ》りどない、あけひろげの門をくぐった。

26

ああしかし神々《こうごう》しい方よ、ついに響きやむことのない方よ、
怨《うら》みを覚えたバッカスの巫女《みこ》らの群《むれ》に襲われたとき
彼女らの叫びを秩序の歌声でかき消してしまった美しい方よ、
打ち砕く者らの只中《ただなか》から、生まれ変わらせるあなたの音楽が立ち昇った。

あなたの頭と琴《リラ》とを打ち砕くことは誰もできなかった、
どんなにあがき狂っても。そしてあなたの心臓めがけて
彼女らの投げた鋭い石は、みな
あなたの傍《かたわ》らでおとなしくなり、耳を与えられて聴き入るのだった。

とうとう復讐《ふくしゅう》の念に駆られて、彼女らはあなたを切り刻んでしまった、

だが、それでもあなたの歌は獅子や岩や
樹《き》や鳥たちの中に鳴り響いていた。今でもあなたはそこでうたっている。
おお失われた神よ！　今は無量の痕跡である神よ！
ついに敵意に燃えた者らがあなたを引き裂き撒《ま》き散らしたゆえにこそ
今私たちは聴く者となり、自然の口ともなり得るのだ。

第二部

1

呼吸よ、目に見えぬ詩よ！
絶えず自分自身の存在のために
純粋に交換された世界空間。
リズムと共に私が私を成就《じょうじゅ》してゆくための対重。

おまえはただ一つの波、それが次第に
海をなしてゆく、それが私だ。
あらゆる可能な海の中で最も倹約な海——
空間は次第に獲得される。

空間のこれらの個所《かしょ》のどれほど多くが

私の内部にすでに存在していたことだろう。多くの風は
私の息子のようだ。

私を覚えているか、私のかつての場所に満ちみちた空気よ、
おまえは私の言葉の、かつての滑《なめ》らかな樹皮、
まるみ、葉。

2

ふと手に取った手近の画紙が
巨匠の真実のタッチを写し取るように、
鏡はよく少女の聖《きよ》らかな
ただ一度ぎりの微笑を自分の中に吸い取ってしまう、

彼女らがひとり、朝を検《ため》し見るとき——
あるいはまた、まめまめしい燈火《ともしび》にかしずかれるとき。
すると、呼吸する現実の顔の中へは、

のちには、ただもう反映が戻るばかり。

かつて目はどれだけの思いをこめて
煖炉《だんろ》の、長くかかって黒ずみ消えてゆく火を見守ったことか、
生の目差《まなざし》よ、永久に失われた……

ああ、大地の、失いゆくものの意味を誰が知っているのだろう？
それはただ、なおも讃《ほ》めやまぬ声で
生来、全体の関連の中に在《あ》る心をうたう者だけであろう。

3

鏡よ、おんみらのまことの姿を知って
書きのこした者はまだ誰もいない。
おんみら篩《ふるい》の目ばかりで
時と時との境の空間をふさぐかに見えた者よ。

おんみら、まだ人けない広間を限りなく映す浪費者――
たそがれてくると森のように広く……
するとシャンデリアが十六に岐《わか》れた角《つの》をもつ鹿のように
誰もはいれないおんみらの神聖な世界をくぐってゆく。

時におんみらは絵でいっぱいになる。
ある者はおんみらの中までは<ruby>い</ruby>った様子だが――
ある者はおんみらはそっと素通りさせる。

だが中でいちばん美しいひとはじっと遺《のこ》っているだろう、
あの彼方《かなた》の世界で、差し出された彼女の頬に
澄んだ、水面のナルシスがそっと重なり合うまで。

4

おお、これは現実には存在せぬ獣。
人々はこれを知らず、それでもやはり愛してきた、

——そのさまよう様を、その姿勢を、その頸《くび》を、
そのしずかな瞳の輝きを——。

本当にはいなかった。だが人々がそれを愛したということから
純粋無垢《むく》の一匹の獣が生じた。人々はいつも余地をあけておいた。
その澄明《ちょうめい》な、取っておきの空間の中で
その獣は軽やかに首をもたげ、ほとんど

存在する必要すら持たなかった。人々は穀物ではなく
いつもただ存在の可能性だけでそれを養った。
それがその獣には大きな力となって、

獣の額《ひたい》から角《つの》が生まれてきた。一本の角だった。
一人の処女《おとめ》のもとへ、それは白じろと近寄って来た——
そのときそれは銀《しろがね》の鏡の中に、また処女の中に真実な存在を得ていたのだった。

5

アネモネの、草地の朝を次第次第に
ひらいてゆく花びらの力よ、
やがて高らかに明け渡った空の多音の
光が花のふところにまでふりそそぐ。

張り切った筋肉をひろげて
限りもなく受《う》け容《い》れる星形のしずかな中心。
時としてはあまりの充実に、
落日の憩いに誘う合図すら

反りかえった花びらを
もうおまえのもとに呼び戻す力がない。
なんという多くの世界の決意であり力であるおまえ。

力ずくの私たちはそんなに早く散らぬかも知れぬ。
だが、いつ、あらゆる生のいつの日に、
私たちはついに開いて、受け容れる者となるのか。

6

薔薇《ばら》よ、花の女王よ、古代には
おまえは単純な花弁をもった萼《うてな》だった。
私たちにはしかし無数の花びらをもつふくよかの花、
掬《く》めども尽きぬ意味をもつ花。

そのゆたかさは、衣の上に衣を重ねて
輝きよりほか何物もない肉体を包むかと見える。
だが同時におまえの花びらの一つびとつは、およそ
衣裳というものを一切避け拒むもののよう。

幾世紀にわたっておまえの馥《かお》りは私たちに

美しい名を呼びつづけてきた。
突然それは名声のように空中に瀰漫《びまん》する。

しかし私たちはそれをなんと呼んでいいか知らない、臆測を重ねるだけ……
そして追憶だけがその馥りの中に移り住む、
呼びかけることのできる時間から乞い受けた私たちの追憶だけが。

7

花らよ、ついに、整える手に
(かつての、また今の少女らの手に)近親な花らよ、
庭園の卓子の上、端から端まで溢《あふ》れるように、
疲れた趣《おもむき》で、軽い傷口をあらわして、横たわっていた花らよ、

もう一度、今はじまった死の手から
とり戻してくれる水を待ちながら——、そして
ふたたび、二つの極をなす指と指との間の

暖かな感情の流れの中にもちあげられる花ら、
おまえたち、軽やかなおまえたちの思いもかけなかったほどに快いいたわりを
　与えてくれる指と指。
そしていつのまにか水瓶《みずがめ》の中でおまえたちは自分をとり戻し
徐々に冷たさを増しつつ、懺悔《ざんげ》のように、

折りとられたことの鈍い物憂《ものう》い罪のように、
少女らの暖かみをあたりに拡げて、ふたたび少女らに
関連を戻せば、少女らは花と開いておまえたちと一つに結び合う。

8

都会のあちこちに　放心したように存在する庭の中で
かつて遊び合った子供のころの数少ない友らよ、
私たちはふと互いに見交わして、それからおずおずと
好意を感じ合い、話をする巻物を口にくわえた子羊のように

黙ったまま話し合ったものだった。うれしさがこみ上げてくることがあっても
それは誰のものでもなかった。誰のものだったのだろう？
それはいつのまにか、そこらを歩きまわる大人たちの間で消えてしまい、
長い月日の不安の中で失われてしまった。

馬車はごろごろと意味もなく私たちの周囲を走り、
家々は私たちを囲んで物々しく立っていた、が少しも真実味がなかった——
そしてどの家もついぞ私たちを知らなかった。あのころ世界に何が一体真実だったろう？

何物も、ただボールだけがそうだった。彼らの描く輝かしい弧《こ》だけが。
子供たちもだめだった……ただ時々、ふと
誰かが、ああ、はかない一人の子供が、その落ちてくるボールの下に立つのだった。

（エゴン・フォン・リルケの想い出に捧ぐ）

9

裁き人たちよ、拷問台《ごうもんだい》を要せぬことを誇りとするな、
また鉄の輪がもはや罪人の頸《くび》を締めつけぬことを。
心は、まだどの心も高められてはいない、――装《よそお》った
慈悲の痙攣《けいれん》がきみらの顔を微妙にひきつらせているばかり。

長い年月得てきたものを断頭台は返し手放すだけだ、
子供たちがずっと前、誕生日にもらった古い玩具を棄て去るように。
真の慈悲の神はそれとは異なった風に、
純粋な、高い都門のようにあけひろげられた胸の中へ

はいってくるのであろう。その来るや力に満ち、しかも
神々のすべてがそうであるように、周囲に光の矢を押し拡げるであろう。
大きな揺るぎない船をも揺るがす風よりも大きく。

しかしまた、無限抱擁の中から生まれて無心に遊んでいる一人の子供のように、声もなく内部でそっと私たちの心を奪ってしまうひそかな認知といったような形で。

10

機械は私たちの獲《え》てきたものすべてをおびやかす、それが服従を知らず、不遜《ふそん》にも自ら精神の座にいる限りは。輝かしい手の美しい躊《ため》らいをもはや光あらしめぬため、それは決然たる構築へといよいよ頑《かたく》なに石を刻む。

どこにでも機械はわがもの顔に出て来て、常に私たちの方が落伍《らくご》してしまう、すると機械は静かな工場の中で油をしたたらせつつ完全に己が主人となる。機械こそ生命なのである——生命のことはすべて己が最も堪能《たんのう》だと心得ている。そして整えることも、創《つく》り出すことも、破壊することも、同一の決然たる心構えで行う。

しかし私たちにとって存在はなお魔術に満ちている。幾百とも
知れぬ個所《かしょ》は昔ながらの源泉であり、跪《ひざまず》き感嘆することを知らぬ者には
触《ふ》れることのできぬ純粋無垢《むく》の力が湧《わ》きこぼれる。

言葉はまだ言いがたいものにやさしく触れて消えてゆき……
音楽は絶えず新しく、何物よりも慄《ふる》えやすい石を積んで、
用いることの不可能な純粋空間の中に神聖の家を建てる。

11

絶えず征服を続けてゆく人間よ、おまえがあくことなく猟をするようになって
　以来、
多くの、死の、静かな秩序をもった法則が生まれた。
だが罠《わな》や網よりも私はよく知っている、白い帆のような一筋の布、
カルスト台地の洞穴の中に張りおろされる白い布。

はじめ平和を祝う合図のように、そっと

穴の中におろされる。だがやがて下僕がさっと端を引くと
——洞の中の闇黒《あんこく》が一握りの、色あせた
よろめく鳩《はと》の群《むれ》を光の中へ投げ上げる……
　　　　だがこれもやはり正しいのだ。

観ている者も猟人と同じに、悲嘆の吐息は
つかぬがいい。頃よしと見て
冷静にぬかりなく鳩を仕止める猟人と同じに。
殺すことは私たちのさまよう悲嘆の一つの姿にすぎぬ……
はれやかな精神の内部においては
私たち自身に起ることとすべては純粋無垢のものだ。

12

変身を意志せよ。おお、焔《ほのお》にこそ心魅せられてあれ、
焔の中、物は変身に輝きつつきみから去ってゆく。

地上の一切を統《す》べている創造的精神は
弧《こ》を描く図形の高揚のうち転回点を何よりも愛する。

身を閉ざしてとどまろうとするものはすでに凝固したものだ。
それは見すぼらしい灰色の庇護《ひご》の蔭《かげ》に身を安全と思うのだろうか。
見よ、固き物にもさらに遠くから最も固きものが警《いまし》めを送る。
ああ――。非在のハンマーが高く振り上げられる！

泉となって自らそそぐものだけが、認知によって認められる。
歓《よろこ》びに満ちて認知は彼をはれやかな被造物の間を導く、
それらはしばしば発端《ほったん》をもって終わり、終りをもってはじまる。

すべて幸福な空間は別離の子供か孫であり、
彼らは驚きの心をもってその空間を通りぬけてゆく。そして変身したダフネは
身を月桂樹と感じてこの方、きみが風となることをねがっている。

13

すべての別離に先立てよ、別離がすでにおまえの背後に
過ぎ去ったもののように、今過ぎてゆく冬のように。
冬の中でも一つの冬こそまことに限りも知らぬ冬なのだから
冬を凌《しの》ぎつつおまえの心はすべてに耐え凌ぐということを知る。

つねにオイリュディケのうちに死してあれ——、いよよ歌いつつ
いよよ讃《ほ》めつつ昇りゆき、かの純粋の関連に戻りゆけ。
ここ消えゆく者らの中にあって、傾きの国にあって
鳴りつつすでに砕けゆく響きうるわしの玻璃《はり》の杯たれ、

在《あ》れよ——そうして知れ、同時に非在の条件を。
おまえの心の振動の限りない奥底を知れ、
この一度ぎりの生に剰《あま》すなき振動を遂げるため。

充ちみちた自然の、用いられた貯えの、また
未だ鈍く無言のままに横たわる貯えの、量り知れぬ総計のうちに
歓呼しておまえ自らを加え、そうして早《は》や数を滅せよ。

14

花たちを見たまえ、この、地上に誠実なものを。
私たちは運命の縁辺から運命をこれに与える——
だが誰が知ろう。彼らがその萎《しお》れを悔やむとき
むしろ私たちこそ彼らの後悔とならねばならぬ。

すべての物は軽やかに漂おうとする。そのとき私たちはどこへでも顔を出し
重しのようにすべての上にのしかかる、自らの重みにうっとりとして。
おお、私たちはなんと物らを蝕《むしば》む教師なのだろう、
彼らには永遠の幼年時代が恵まれているのに。

彼らをせつない眠りの中へ伴い、物らとひしとだき合って

深い眠りを眠った者は——、他日どんなに軽やかに
ことなった姿でめざめることだろう、共に眠った深みから。

それかまた、おそらくめざめずにしまうかもしれぬ。すると花らは咲き、
今や彼らに等しい者となった改心者、彼をたたえるだろう、
草地の風にそよぐすべての静かな姉妹たちに等しくなった者を。

15

おお泉の口よ、常に与えやまぬ者、絶えず
一つの、純粋の声を語りやまぬ口、——
流れうつろう水の顔のまとう
大理石のマスク。その背後には

源《みなもと》遥かな水道がつらなっている。遠くから
さまざまの墓地の傍《かたえ》を流れ、アペニンの山腹から
水道はおまえの言うべき言葉を運んで来る。それは

やがておまえの年老いてゆく黒ずんだ頤《おとがい》を伝って
その前の水盤に落ちてゆく。
これは眠れる者の地につけた耳だ、
大理石の耳、おまえは休みなくその耳にささやく。
大地の耳。大地はそのようにしてみずからとのみ
語り合う。水差しが浸《つ》けられると
ふと話をさえぎられたように彼女には思われる。

16

絶えず私たちに引き裂かれつつ
神は絶えず治癒する傷口。
私たちは鋭い刃物、なぜなら私たちは知らなければやまぬ、
だが神はただ無心に切り刻まれて遍在する。

純粋の、浄《きよ》らかな捧げ物を
受けとるときすら神はただ
自由な先端に不動の姿を
向かい立たせるのみである。

私たちにはその音しかきこえぬ泉の水を、
飲むことができるのはただ死者ばかり、
神が無言の合図を彼、死者に送るとき。

私たちにはただ騒音のみが与えられている。
そして小羊がその鈴を私たちから
乞い受けるのは、もっと静かな本能からなのだ。

17

どこに、絶えずきよらかな水のめぐるどの園の中に、
どのような樹《き》に、どのような　優しく花散り落ちた萼《うてな》から、

慰めの、見なれぬ形した木の実は熟するのだろう？　あの
香《かぐわ》しい木の実、おまえの貧困の　踏みにじられた

草地に　ふと落ちているのを見出すことのある木の実。いつも
おまえはその実の大きさに、
その無傷の見事さに、果皮の柔らかさに感じ入り、
そして軽はずみな鳥の嘴《くちばし》が、また足もとの

嫉《ねた》み深い地虫が、おまえの来ぬうちにその実をついばみ蝕《むしば》んでしまわなかった
　ことを怪しむ。
飛翔《ひしょう》する天使に取り巻かれ、目に見えぬゆるやかな庭師のふしぎな手に養われ、
私たちのものではなく、私たちを支え得る樹がどこかにあるのだろうか。

私たち、影のような私たちは、私たちのあまりにも性急な成熟と
すぐまた萎《しお》れゆく営みによって、
あの悠々《ゆうゆう》たる年々の夏の無関心を妨げることさえ一度もできなかったのではな

かろうか。

18

踊子《おどりこ》よ、おお一切のうつろいの
律動への転置、おおどんなにおまえはそれをしおおせたことか。
そして最後の旋回、運動からのみ成る樹《き》、
その中には振動の歳月がそっくり含まれるのではなかったか？

今までのおまえの振動にそのめぐりを包まれて
突然その梢《こずえ》は静けさの花を開くのではなかったか？
するとその上方の太陽も夏も、おまえの身内から
湧《わ》きのぼる限りない熱そのものではなかったか？

だが陶酔のおまえの樹はまた実をもつけた、実を結んだ。
あれはその樹の静かにみのった実ではないか、熟しつつ
縞《しま》を描く水差しや、さらに熟した花瓶《かびん》など。

そしてその絵の中に、おまえの眉《まゆ》の黒い線が
すばやく　みずからの転回の壁に描いた
その素描は滅びず遺《のこ》っているのではないか？

19

甘やかすどこかの銀行の中に金《きん》は住んでいる。
そして幾千とも知れぬ人らと親しくしている。だがあの
盲目の乞食は、十銭銅貨にとってすら
一つの忘れられた場所、戸棚の下の塵の溜《たま》った片隅にすぎぬ。

店から店と、金《かね》はわが物顔にくつろいで
体裁よく絹やカーネーションや毛皮の仮装をまとう。
一方、物言わぬ彼《か》の男は、めざめあるいは眠っているすべての金《かね》の
呼吸と呼吸との合間に立っている。

おお、それは夜どんなに閉じることを喜ぶだろう、この常に開いている手は。
だが明日はまた明日の運命がそれを連れ戻し、そして日毎《ひごと》
それは明るく、貧しく、限りもなく脆《もろ》く差し出されている。

だがいつか誰か、真に観る者が、ついにその長い不撓《ふとう》の姿を
驚嘆の目をもって認め、讃《ほ》めたたえる者がないだろうか。ただうたう人にのみ
　言い得る言葉で、
ただ神にのみ聞き得る言葉で。

20

星と星との間の、なんという遥かさ！　だが
私たちが知ってゆく地上の物は、それよりなおいかばかり遥かなことか。
例えば誰か一人、例えば一人の子供……それからすぐ傍《かたえ》の人、もう一人の
　人——、
おお、信じがたいまでに離れて。

運命、それはおそらく真の存在の尺度で私たちを測り、そのために
私たちには運命が馴染《なじ》みない姿に見えるのであろう。
少女と男性との間にはどれだけの距離があることだろう、
少女が彼を避け、しかも彼を想うとき。

すべてのものは遥かだ――、そしてどこにも円の閉じるところはない。
たのしげにととのえられた食卓の、皿の中の
ふしぎに孤独な魚の顔を眺めるがいい。

魚は物を言わぬ……と考えられたこともあった。そうだろうか?
だが結局、魚の言葉かも知れないものを
魚なしに語り合う場所が在《あ》るのではなかろうか。

21

うたえ、わが心よ、おまえのまだ見ぬ園を。ガラスに
そそぎ込まれた園のように澄み透り、達しがたく。

イスパハンやシラスの園の水と薔薇《ばら》、
おおたのしくそれらをうたえ、たたえよ、たぐいも知らず。

わが心よ、示せ、おまえのためにそれらの園の絶えず存在することを。
そこにみのる無花果《いちじく》の、常におまえを忘れぬことを。
そこの花咲く梢《こずえ》をくぐり、まざまざと目《ま》のあたり
感じられる風とおまえが常まじわっていることを。

在《あ》ろうとするこの決意、果たされた決意にとって
もはや欠乏があり得ようなどと思わぬがいい。
存在の糸よ、おまえは織物深くくぐっていった。

内部でどのような模様に織り込まれていようと、
(たとえ苦悩の生の一齣《ひとこま》であろうと)
讃《ほ》めたたうべき絨毯《じゅうたん》全体が忘れられてはいぬことを感じるがいい。

22

おお、運命にもかかわらず。私たちの存在の
輝かしい充溢《じゅういつ》よ、数々の園生《そのう》の中に泡立ち溢《あふ》れ、——
あるいは高い正門の扉の傍《かたえ》、バルコニーを下から
支えて立つ石の男たち。

おお、その撞木《しゅもく》を日毎《ひごと》、鈍い眠りをむさぼる日常世界に
振りかざし、韻々《いんいん》の響きを伝える青銅の鐘。
あるいはまたあの、カルナクの宮居の柱、あの柱、
永久の宮居をすらほとんど超えて生き遺《いのこ》るあの柱。

今日、その同じありあまる力は
ただ速度としてのみ狂奔し、水平の黄色の昼から
目くらむ燈火《ともしび》を飾り立てた夜の中へと驀進《ばくしん》するばかり。

だが狂瀾怒濤《きょうらんどとう》は消え、何の跡を遺さぬ。
空《くう》を切る飛行の曲線、彼らの駆け去った跡、
いずれもたぶん無益のこととは言えまい。だがそれはただ脳中の図にすぎぬ。

23

絶えずきみに抵《さから》う時間の
あるときに私を呼ぶがいい。
訴えるように、犬の顔のように近々と迫るかと見れば
ついに捕えたと思う瞬間

絶えずまた傍《わき》を向いてしまう時間。
そのようにきみからのがれ去ったもののみ最も多くきみのものなのだ。
私たちは自由だ。私たちはやっと暖かく迎えられたと
思ったそのところで追い払われたのだ。

おどおどと私たちは一つの支えを求めてあえぐ。

古きものには時としてあまりに若く、
かつて存在したことのないものには、あまりに年老いた私たちは。
だが私たちは、それにもかかわらず讃《ほ》めたたえるときのみ正しいのだ、
ああ、枝であると同時に斧《おの》であり
熟しゆく危険の甘い果汁である私たちは。

24

解きほぐされた粘土から生まれる永遠にあらたなこの歓喜！
遠い昔、はじめて敢行した者に手助けはほとんどなかった。
にもかかわらず、祝福された入江をめぐって街は生まれ、
水や油は甕《かめ》を満たした。

神々、私たちはそれをまず大胆な構図に描いたが、
不機嫌な運命はふたたびそれを砕き去る。
だが神々は不滅の者。見よ、ついには私たちの

望みを聴き届ける神の声がきこえてくる。

私たち、数千年にわたって続いて来た種族。母親たち、父親たち、
私たちは絶えずますます未来の子供によって満たされ、
いつかは子供は私たちより大きくなり、私たちを震い上がらせる。

私たちは無限の敢行の果ての者、私たちの時間のなんという遥かさ！
そして物言わぬ死のみが、私たちの何者であるかを知り、
私たちに貸し与えた「時」から、何を取り戻し得るかを知っている。

25

ほら、もう打ちはじめている熊手の音がきこえる。
はげしい息吹《いぶき》を内にひそめた早春の大地の
静かさの中にふたたび起こる人の営みの
リズム。今やって来るものは

一度も味わった覚えのないもののよう。もう何度も
訪れたはずのものが、まるで新しいものとしか
思えない。いつも望んでいながら
一度も手に取ったことのなかったもの。それが今おまえを摑《つか》んでしまった。

冬を越した槲《かしわ》の葉叢《はむら》さえ夕べの光に
何か未来の鳶色《とびいろ》のように見える。
ふと吹くそよぎの中に交わされる合図。

くろぐろと繁みが見える。だが野の上に積まれた
堆肥《たいひ》の影はさらにしっぽりと黒い。
過ぎてゆく一刻一刻が若返ってゆく。

26

鳥の叫びのなんと私たちの心を摑むことだろう……
何であれひとたび生み出された叫びはすべて。

だがすでに、戸外《こがい》で遊んでいる子供たちは
真実の叫びの傍《かたわ》らを叫び過ぎる。

偶然を叫ぶばかりだ。彼らは(鳥の叫びが、
夢の中へはいってゆく人のように、
すらすらと世界の中へはいってゆくのに引きかえ)
あの、世界空間の空隙《くうげき》へ、彼らの、金切り声の楔《くさび》を打ち込む。

ああ、私たちは何処《どこ》に存在する？　ただますます拠りどころなく自由に、
糸の切れた凧《たこ》のように
私たちは低空《ひくぞら》をとびまわる、風に吹き裂かれた
縁《ふち》のようにぼろぼろの微笑を浮かべて。——叫ぶ者に秩序を与えたまえ、
うたう神よ！　ざわめきつつ彼らがめざめ、
かの海汐となって首《こうべ》と琴とを浮かべゆくように。

27

破壊する「時」は真実存在するのだろうか？
静かに横たわるあの丘の上、「時」はいつの日古城を砕く？
限りなく神々のものであるこの心を
かの悪《あ》しき造物主デミウルゴスが滅ぼすはいつ？

私たちは運命が欲するほどに、はたして
そんなにおののき砕け去るのを待つ者だろうか。
あの深い、根のところにひそんで、将来を約束する
幼年時代が――後には――働きをやめてしまうものだろうか。

ああ、「無常」の亡霊よ、
無邪気な生の受容者の体内を
それは煙のように通り抜けてゆく。

私たち、在《あ》るがままの私たち、漂いやまぬ者として、
私たちはしかしそのまま、永遠にとどまる宇宙の諸力のもとで
神の「必要」としての価値を失わぬであろう。

28

おお、おいで、そしてまた行くがいい。ほとんどまだ幼児《おさなご》のようなおまえ、
踊りの姿を一瞬、踊りのあの純粋な星座にまで
高めておくれ、私たちが移ろいゆく無常の身をそのままに
自然の鈍い秩序を凌駕《りょうが》する

あの踊りの一つに。自然はただ
オルフォイスが歌ったあのときのみ、ひたすら聴く者として打《う》ち慄《ふる》えた。
おまえはそのころからの動きに満ちている者だった、
それで一つの樹《き》が、おまえと共に

聴覚の世界にはいるのを長く躊《ため》ら《ら》ったとき、おまえはすこし心外だった。

おまえはまだ琴《リラ》が響きを立てはじめた個所《かしょ》を
知っていた――、言いがたい中心を。

その中心のためにおまえは美しい歩《ほ》を試み、
いつかは歩みと顔とを
全《まった》い友の祝祭へと振り向けようと望んでいた。

29

多くの遥かさの静かな友よ、きみの呼吸が
空間をなお豊かに拡げるのを感じるがいい。
暗い鐘楼《しょうろう》の中をきみの響きで
鳴りどよもさせるがいい。きみを蝕《むしば》む悲しみが

きみを蝕みつついつか力強いものとなる。
変身の境を風のように来《きた》り去るがいい。
きみの最も苦しい経験はなに？

飲むことがにがければ、みずから葡萄酒《ぶどうしゅ》と化すがいい。

この量り知れぬ夜闇の中に
きみの五感の交差路に、みずから魔法の力となれ、
五感の奇妙な出会いの意味となれ。

そしてもし地上のものがきみを忘れたら、
静かな大地に向かって言え、私は流れる、と。
すみやかな流れに向かって言え、私は在《あ》る、と。

原　注〔以下訳注とも注の上の数字は詩の番号を示す〕

〔元来は第一部21と第二部9の注だけがリルケ自身によってつけられたものであるが、ここにあげる注は一九五五年版リルケ全集第一巻によるもので、編者によりさらにリルケの手紙や、親しい人々に贈った本の書き込みから、増補されている。――訳者〕

第一部

10　第二節では『マルテの手記』の中でも触れているアルル近傍アリスカンの有名な古い墓地の石棺のことを考えている。

16　このソネットはある犬に向けられたものである。――「私の主人の手」という言葉は、ここで詩人の「主人」と見なされるオルフォイスへの関連が考えられているのである。詩人がこの手をとって案内するのは、犬の限りない関与と献身のために犬をこの手に祝福してもらおうというのである。犬もほとんどエサウのように〈『創世記』第二十七章を見よ〉、彼のものとはならない遺産――〔犬の場合では〕困窮や幸福を伴う人間的なものすべて――を心の内部に分け与えられるためにのみその毛皮をまとったのである。〔毛皮をまとったのは聖書ではヤコブであり、エサウではない。これをどう解すべきか。リルケの思い違いであろうか。――訳注参照〕

21　この小さな春の歌は、かつて私が〔南スペインの〕ロンダにある小さな尼寺で小さな子供たちがある朝のミサのためにうたうのをきいた、あのときのふしぎにダンスのリズムを持った音楽への、いわば「解釈」のように思われる。子供たちは絶えずダンスの拍子で、私の知らない歌詞をトライアングルとタンバリンの伴奏でうたった。

25　ヴェラに寄せたソネット。

第二部

4　一角獣には古く中世から絶えず讃美されてきた処女純潔の意味がある。それで、世俗の人の目には存在しないものである一角獣は、姿を現わすや否《いな》や、処女が差し出す〈銀の鏡〉の中に（十五世紀の壁掛を見よ）、また第二の同様に純潔な、同様にひそやかな鏡とも言うべき〈彼女の中に〉存在するにいたると主張されているのである。

6　古代の薔薇《ばら》は単純な〈エグランティーヌ〉という種類のものだった。色は焔《ほのお》の中に見られる赤と黄である。それがこのヴァリスの地方の、そこここの庭に咲いている。

8　四行目の子羊は（絵によく描かれている）子羊で、物を言う代りに言葉を書いた巻物をくわえているのである。

11　カルスト台地のある地方で古くから行われている猟の一種に関連している。それは一種特別の洞穴の鳩《はと》を、注意深くその洞の中へ張った布を突然、ある独特の方法で振ることによって地下の住処《すみか》から飛び立たせ、あわてふためいて逃げるところを打ち止めるのである。〔カルスト台地というのは、アルプスのうち、石灰岩から成る不毛のごつごつした岩山の連なりを言う。

——訳者〕

23　読者に。

25　第一部21の子供たちの春の歌と対をなすもの。

28　ヴェラに。

29　ヴェラのある男の友だちに。

R・M・R

訳注

第一部

1 **立ち昇る一樹**　これはオルフォイスの歌声を耳の中の樹《き》、聴覚の世界に変身せしめられた樹として表わしている。

2 **少女にも似たもの**　これは何を意味するのか明らかではない。オルフォイスの歌から生まれるもの、「私」の中の感動でもあろうか。

3 **歌は存在である**　リルケにおける音楽(歌)は宇宙の秩序を意味する。音楽は法則へ導くもの、否《いな》、法則自体である。偶然的な詠嘆や感傷は音楽や歌と言うに値いしない。

4 **きみたち優しい者ら**　これは恋し合う人々を指す。恋する人々は平常の人間から一段高められた状態にあり、永遠を感じ得る状態にある。

矢をつがえる弓　恋し合う人々にとって、愛は弦の役目を果たし、恋し合う人々に緊張を、自己「以上」のものへととび立って行く力を与える。

5 **オルフォイスの変身**　オルフォイスは結局理想的な詩人の姿なのだ。詩人は真に自由な生を生き、それを意義あらしめるために、純粋関連の世界に住まわねばならぬが、完全にこの地上の生活を脱却することは不可能である。ただ随時随所、自由に両世界に出入りすることによってのみ詩人は生き得る。この自由を獲得することによって、詩人は美しいすべての物の中に転身して生き得るのだ。それをオルフォイスを借りて象徴的にうたったのだ。オルフォイスはバッカスの巫女《みこ》たちによって粉々に引き裂かれ海に流されたが、それによってかえって彼の歌声は宇宙に遍在するにいたったのである。

6　この詩はオルフォイス、したがって詩人が、単に目に見える外的存在の世界の住者ではなく、この世界とあの世界、いわば生と死の両界に住む者であることをうたい、そういう詩人にとっては、死者を招くという迷信的習慣や神秘な力を持つという薬草なども一概《いちがい》に捨て去ることなく、すべては生と死との神秘な全体から成る存在を感得し讃美する手だてとなるべきことをうたう。

10　ここまでリルケはオルフォイス及びオルフォイスの歌声について、詩人と真にあるべき詩とについて、うたってきたのであるが、ここにはじめて追憶の中から、具体的な物を選びとってきて、「ほめうた」をうたうのである。

石棺　第一節と第二節の石棺は別のものである。第一節のは『新詩集』に「ローマの石棺」と題してうたわれたものであろう。第二節については、原注参照。

11　「**騎手**」　騎手という星座はない。だがリルケには馬と人と一体になったそのつながりが、美しく象徴的に思えるので、そういう星座があってもよさそうに思えるのだ。星座とはリルケにあって、地上のはかなさを脱した永遠的な姿の象徴である。『ドゥイノの悲歌』の「第十の悲歌」を参照。

15　**オレンジを踊れ**　オレンジの味ばかりでなく、その香り、手ざわり、見た色、形、それらの構成する全体、それをあらゆる感覚でもって体験せよ、またそれをその名状しがたい存在の姿そのまま表現せよ、芸術として再現せよ。それにはオレンジと照応するような存在、少女が最もふさわしい。

16　犬は私たち人間に属しつつ完全には人間世界のものとはなりきれない存在として、それは世界全体の関係の中へ入り切れない私たち人間の象徴でもある。だが犬は同時に、私たち人間の知り得ない神秘に対する感覚をも持っている。

エサウは双生児ヤコブにだしぬかれて、父の遺産を失う。ヤコブは毛深いエサウに化けるために山羊《やぎ》の毛皮をつけて、盲目の瀕死の父の祝福を受けるのである。だからこの詩で毛皮をまとったエサウというのはヤコブのことでなければなるまい。

20　ルー・アンドレアス＝サロメに宛てた手紙（一九二二年二月十一日）でリルケはこの詩について書いている。この白馬の姿をリルケはかつて若いころ、サロメと共にヴォルガ河畔の草原で見かけたのだった。

21　**御老人のひげの白いの**　冬の雪。

木の根や、長いむずかしい幹　これは文法の言葉の語根や語幹と、春の野山の木の根や幹とをひっかけて言ったものである。

26　**バッカスの巫女《みこ》**　オルフォイスが死の国から妻をつれ戻すことに失敗したのち、彼はひたすらに亡き妻を想ってうたうのみで、彼に言い寄る少女たちに見向きもしなかったので、トラキアの少女たちが屈辱を感じて、バッカスの祭のときに報復するのである。

第二部

4　一角獣のことをうたった詩は『新詩集』にもある。さらに『マルテの手記』の中にも、パリのクリュニー博物館にある一角獣の壁掛のことが書かれている。

8　エゴン・フォン・リルケはルネ(リルケの幼名)の最も親しかった従兄弟《いとこ》。「子供の悲しさ頼りなさの化身みたいな」子供で、早く死んだ。

12　**ダフネ**　ギリシア神話で、キューピッドがアポロに恋の矢を射、ダフネには恋を厭《いと》う矢を射たので、アポロはダフネを追い、捕えようとした瞬間、ダフネは月桂樹に変身した。

13　**すべての別離に先立てよ**　人間関係に別離は避けられぬ。それゆえ人間のなすべきことは、むしろ一切の別離を先取りすることである。つまり、別離を外部から訪れるものとしてでなく、自らの運命として引き受けることである。外部から迫って来る禍《わざわい》として待つことなく、前もって自らの意志で、すべての所有をあきらめ、ただ純粋関連にめざめることによってのみ、人間内面の自由は確保され、外的運命はその力を失うにいたるのである。

一つの冬こそ……　おそらく死のこと。

数を減せよ　数は個々の存在である。個々の保存を考えず、全体の見事な関連にめざめ、その中に自由に身を解き放つことによって、新しい生と力とを得よと言うのである。

16　**自由な先端**　おそらく、私たちの手の触れていない方の端。神は私たちに直接触れようとはしない。

小羊が…… 小羊は私たち牧者から好んで鈴をつけてもらいたがるが、それは動物のもっと静かな本能からすることであって、私たちの、地上の慌《あわただ》しい生活の騒音を分け合おうというのでなく、別次元の調和ある音楽に転化するためとでも言い得ようか。

18 ギリシアの瓶《かめ》に描かれた踊子の絵を思い出してうたっている。リルケはそのようなギリシアの瓶をローマでしばしば讃嘆して眺めたという。

19 **戸棚の下** 十銭銅貨が時としてころがり落ちてくる戸棚の下のように、乞食に小銭が与えられる。

20 **魚は物を言わぬ** 「魚みたいにだまっている」という慣用句が民間にある。

21 **イスパハンやシラスの園** ペルシアの名園。

22 **カルナク** エジプト旅行の際リルケが深い感動をおぼえた古王朝の遺跡。

脳中の図 現代の狂奔するさまざまの現象は、古代やルネサンスの美しい遺跡のような跡を遺《のこ》さない。現代ではすべて価値あるものは、ただ心の内面に築かれるほかはない。『ドゥイノの悲歌』の「第八の悲歌」を参照。

24 **粘土** 自然から人間が作り出すすべての文化的な創造が意味される。

26 **かの海汐となって……** バッカスの巫女《みこ》たちはオルフォイスを切り刻んでしまったが、彼の首と琴とを傷つけることはできなかった(第一部26参照)。海汐がそれを浮かべて、レスボス島へ運び、そこに歌が受け継がれて栄えたという伝説に拠っている。

27　**デミウルゴス**　原始キリスト教時代のグノーシス主義者たちの説くところに従えば、世界を創ったものに二あり、神と並んで原初から存在する物質、すべての悪の根源から世界を創り、また人間の魂の悪《あ》しき半分、感性的な面を創ったのがデミウルゴスである。

〈後期の詩〉より

シュヴェーリン伯爵夫人を悼《いた》んで

愛していた人、悩んでいた人、みんな
冬枯れる園に散る木の葉のように吹き散って行った。
しかしあなたの歩みやお祈りは今もなお
残っている。絹の壁掛のなかの姿のように。
そして色は静かに、あざやかに。

まざまざと目に見える、あなたの目の牧場《まきば》、
(その上を駘蕩《たいとう》と移って行く春の日ざし)、
あなたの幸福の、大事にされた額の飾り、
そしてあなたの悩みの国のはるかな道を前に
ぽっつりと立つ誇りの葡萄《ぶどう》の門。

しかしどの絵の上にも、どこでも色あせず、

白い、いつも変わらぬ着物を着て、
目印なしでもひとめで知れる、
人の心をしずめるあなたの愛の姿、
ほっそりと、何かをわたそうと身をかがめて。

雨の前をためらうような……

雨の前をためらうような一日、
ひそと身にまといつく静けさを
おりふしに鶏鳴《けいめい》がやぶるばかり、
そのような一日
うれし涙のように
静かにあふれ咲いている
桃の若木の明るいももいろに
じっと顔をさしのべていよう。

夜の歩み

比較できるものは何もなく！　それ自身で完全でないものがあろうか、
また、口に出して言えるものがあるだろうか。
われわれは何物の名も呼ばず、ただ耐えになうことができるだけだ。
そしてここかしこで、ひとつの光輝、ひとつの視線が
われわれをかすめたとき、そこにこそ
われわれの生命と呼ぶべきものが生きられたのかもしれぬと
悟るだけでいいのだ。逆らう者は
世界を得ない。そしてあまりに多く理解する者のかたわらを
永遠なるものは素通りしてしまう。時として
このような偉大な夜、われわれは危険のそとにあるかのよう。
ひとしくかろやかな群れに分けられ、星々に
配分されて。満ちみちた夜空の星に。

おまえの手はどこの……

おまえの手はどこの草原のにおいだろう。
おまえの抵抗に応じて外側からいっそう強く
そのかおりがまつわってくるのをおまえは感じているだろうか。
彼方《かなた》にはもう星々が星座について輝いている。
恋人よ、おまえの口でやわらぎを与えておくれ、
ああ、おまえのゆたかな髪はまだ愛撫《あいぶ》を知らない。

ほら、わたしはおまえをおまえ自身で包んであげよう、
萎《な》えてゆく期待をおまえの眉《まゆ》の
周辺から取り除いてあげよう。
まぶたのうらですっぽりとおおうように、
わたしの愛撫で、おまえの見ている部分を
残らずそっと閉じ込めてあげよう。

忘れよ、忘れよ……

忘れよ、忘れよ、今はただこれだけを知ればよい、
晴れた夜空を星々が突き進むのを。月が庭に
くまなく満ちあふれるのを。暗さがしだいに
鏡のようになるのをわたしたちはもうとうに
感じていた。ひとつの輝きが生まれるのを、
くらやみの輝きのなかにひとつの白い影が。
だが今はわたしたちの身ぐるみ、とっぷりと
世界にひたそう、月かげの世界に——

ああ、わたしとこの鳥の……

ああ、わたしとこの鳥の声とのあいだに
なんの約束があったのだろう。

わたしはもうおぼえていない、——
ああ、わたしとこの鳥の声とのあいだに。

いやいや、それは雨が近いからばかりではなかった、
庭にあふれてくる春の気配のせいばかりではなく、
鳥同士、鳥の声が聞きたいばかりではなかった。
今わたしのなかに何かの感情が始まるはずなのだろう……
どんな、感情なのだろう。一致の、
あまりにも遠い昔の一致の感情。ああ、このような
忘却からこそ時はやがて……

真珠がこぼれ散る……

真珠がこぼれ散る。ああ、ひもが切れたのだろうか。
だがわたしがそれをひろい並べたとて、なんになろう、
それをとめる強い留め金であるあなたがもしも見つからなければ、恋人よ。

もう時ではなかったか。暁《あかつき》が日の出を待つように
わたしはあなたを待っている、果たし終えた夜のために青ざめて。
人でいっぱいの劇場のように、目をみはって、
あなたの姿がけだかく舞台の中央にあらわれるのを
見のがすまいと待っている。おお夜の湾が外海《そとうみ》にあこがれ
背のびする燈台《とうだい》から
光の空間を投げるように。荒れ地の河床が
純粋無垢《むく》の山脈から、まだ天上の余韻《よいん》を保ってほとばしりくだる雨を待つように。――

夜なか寝もやらず、ひとつの星から答えが
彼の罪なき罪のひとやに差しもせぬかと待ちこがれる囚人のように。
からだのぬくみの残る松葉杖を手放し、
祭壇に立てかけるとその前に身を投げ出し、
奇蹟《きせき》なしには起き上がれない人のように。
ごらん、わたしもそのようにころげ回りつつ果てるのだろう、あなたが来なけ

れば。

わたしはただあなたを待ちこがれる。みじめな
舗道の割れ目が、もえ出ようとする草の勢いを感じるとき
春全体を望まないだろうか、ああ、大地の春を。
月がその姿を村の池の面に映すには
もうひとつ別の天体の偉大な出現を必要としないだろうか。
充ち満ちた未来が、欠けるところない〈時〉全体が
わたしたちの方へむかって来るのでないならば
どんなかすかなことも起こり得るはずがないのだ。
あなたも結局そこにいるのではなかろうか、言いがたい人よ、もうすこしすれば
わたしはあなたの存在に耐え得ないだろう。わたしは老い、
子どもたちによって、おいのけられてしまうだろう……

花咲く巴旦杏の樹

花咲く巴旦杏《はたんきょう》の樹《き》。わたしたちがこの世でなし得るすべては、
　この世の姿のなかに残りなくみずからを認識することである。
おお、さいわいなおまえたち、かぎりない感嘆の目でわたしはおまえたちを眺
　める、そのたたずまいを。
消えやすい飾りに永遠の意味を持たせて立っているのを。
ああ、花咲くということを理解する人、その人の心は
すべての弱々しい危険を越え、大きな危険のなかにやすらっていることだろう。

小川のざわめき……

小川のざわめき。(おまえは聞くが)
小川は知らない。おまえの嘆きを
あたりに押しつけてみても、透明な日々を

小川は走る、おまえには無い日々、おまえのどうしようもない日々。

　　見よ、おどろくがよい……

見よ、おどろくがよい、
何物も地面を、たよるべきささえを望んでいない。
さえぎりもない世界へ万物が身を投じる。
……………

見よ、ひとしお輝きを増して、見よ、
ひとにぎりのつぶてを投げたような鳩《はと》が
ひとしお確かな空間から身を翻《ひるがえ》して戻ってくるのを。

　　おお生よ、生よ……

おお生よ、生よ、不可思議の時よ、
矛盾から矛盾へと移りゆき
しばしばあのようにも拙《つたな》く重く足ひきずって
歩くかと思えば突如、得《え》も言われずひろびろと
天使のようにつばさをひろげて。
おお解きがたい、おお生命《いのち》の時よ。

あらゆる果敢《かかん》な存在のなかで
これほど灼熱した大胆な存在があるだろうか。
わたしたちは立ち、わたしたちの限界に身をささえ
そうしてわたしたちの認識を越えた何かを引き入れる。

おまえ、あらかじめ失われた恋人よ……

おまえ、あらかじめ失われた
恋人よ、一度も来たことのないひとよ。

どんな音色《ねいろ》がおまえの気にいるか、わたしは知らない。
わたしはもう未来の波が打ち寄せるとき、そのなかに
おまえを見分けようとは努めまい。わたしの心のなかにある
すべての偉大な形象、遠くの国で見た風景、
町や塔や橋や、思い
がけない道の屈折や
かつてくまなく神々に満たされていた
国々の偉大さなど、
それらすべてがおまえをさし示すように、
走りゆくひとよ、今わたしの内部に立ちのぼってくる。

ああ、おまえは庭園だ、
ああ、わたしはそんなにも期待に満ちて
それを眺めた。郊外の別荘の
ひとつ開いた窓――、もうすこしでおまえは
物思わしげにわたしの方へ歩いてくるところだった。

わたしが町筋にはいって行くと、それはおまえの通って行ったすぐあとだった。
そして店先の鏡は時として
まだおまえの姿に酔っていて、ふいに
わたしの姿を映して驚いていた。きのう夕方
同じ一羽の鳥が、別々に、
わたしたちのなかを羽音を残して飛んで行かなかったとだれが知ろう。

嘆き

だれにおまえは嘆こうというのか、心よ。ますますおまえの道は
人に厭《いと》われつつ不可解な人々のあいだを進んで行かねばならぬ。
おそらくいよいよそれも空《むな》しい努力となるだろう。
おまえの道はあの方向を、
未来への方向を持ち続けるのだから。
その未来が失われてしまっているのだから。

以前には。嘆いたと言えるだろうか。それは何だったろう。歓呼の
梢《こずえ》からこぼれ落ちたひとつの、未熟な実でしかなかったろう。
今はだが、わたしの歓呼の樹《き》は折れたのだ、
あらしのなかで折れたのだ、わたしのゆるやかに伸び育っていた
歓呼の樹は。
わたしの不可視の風景のなかの
いちばん美しい樹よ、わたしを天使の、
不可視の天使の目にいくらかふれるようにしてくれた樹よ。

ほとんどすべての物が……

ほとんどすべての物が感受へと手招きする、
曲がりかどごとに吹く風がささやく、思い出せ、と。
わたしたちがよそよそしくやりすごした一日が
未来のなかでふと贈与へと決意する。

だれがわたしたちの収得を正《ただ》しくはかり得よう。
だれがわたしたちを遠く過ぎ去った年月から分け得よう。
最初からわたしたちが得て来た経験とは、ただ
ひとつは他のもののなかに自己を見出すということ。

ふとしたものがわたしたちに身を寄せあたたまるということ。
おお家よ、おお山の草地よ、おお夕べの光よ、
突然おまえはまじまじと顔を近づけ
わたしに寄りそって立つ、ひそと抱き、抱かれつつ。

すべての存在をつらぬいてただひとつの空間がひろがっている。
世界内面空間。鳥たちはわたしたちのなかを横ぎって
しずかに飛ぶ。成長を念じてわたしがふと外を見る、
するとわたしの内部に樹《き》が伸び育っている。

わたしが気づかっていると、もうわたしの内部に家が建っている。

わたしは見張りをする、と、わたしの内部に放牧のけものたちがいる。
わたしはいつか恋人となり、神の創造した美しい自然の形象が
わたしに身を寄せ、さめざめと心ゆくまで泣いている。

ヘルダーリーンに寄す

どんなに親しいもののほとりにも、とどまることは
わたしらには許されていない。形象を満たし得たかと思う刹那《せつな》
はやくも精神は、満たすべきものへと落ちむかう。湖と
湛《たた》えやすらうは永遠の世界でのこと。この世では
ただ落ち走り落ち急ぐこそせいいっぱいのつとめではないか。
わが物となし得た感情から、さだかならぬ予感へと
時もおかずさかしまにまた落ちたぎつ。

卓越した巫術者《ふじゅつしゃ》よ、おまえが口を開くときは、生は
ひとつのほとばしる形象であった。

一行は一行へと運命のように結びつき、
もっとも穏やかな行間《ぎょうかん》にすら死は宿り、おまえはその死を踏んで進んだ。
だが神はいつもおまえを導き渡すのだった。

変転する精神よ、もっともよく転身する者よ、
だが人々はみなあたたかな詩のなかに居心地よく住むことを好み、
狭隘《きょうあい》な比喩のなかにいつまでもとどまっている、人の世から身をはずすことを
　知らぬ者らよ。

ただおまえひとりは空渡る月のように
おまえの脚下にはろばろと照りかげりする
神聖な驚きに満ちた夜の風景を、たえず別離の心にいだいて走った。
なんびともその風景をおまえほど崇高に見せた者はない、
そっと無傷に全体のなかへ戻してやった者はない、満ち足りた姿として。
かくておまえはまた、もはやかぞえることを忘れた年月を清浄に、限りない幸
　福とたわむれることができた、
幸福がもう心のうちのものでなく、だれのものでもなく、

大地のやわらかな芝生の上に、神の子どもらに置き忘れられ、ころがってでも
いるように。
ああ、偉大な人々の熱望してやまぬものを、おまえは無心に
ひとつまたひとつと、家打ち建てる石のように積み上げた。それはでき上がった。
だがその崩壊すらおまえの心をまどわすことはできなかった。

ああ、このような永遠の人を前にして、なぜわたしらは
この地上の生に信を置き得ないのか。なぜ、さしあたっての現実から
未来の空間にある(どのようなかは知らぬ)
傾きに対する深い感情を学ぼうとはしないのか。

心の山巓にさらされて……

心の山巓《さんてん》にさらされて。見よ、あそこになんと小さく、
見よ、言葉の最後の村落が。またもうすこし上に、
だがやはりなんと小さく、感情の最後の

農家が。わかるかしら？
ああ、心の山巓にさらされて。手の下は
ごつごつした岩肌。ここにもいくらかの花は
咲く。沈黙の崖から
無知の荒草がうたいつつ花を咲かせる。
だが、知る者は？　ああ、知りそめて
今黙する者、心の山巓にさらされて。
そこをなお、意識に傷もたぬいくつかのものが徘徊《はいかい》する、
いく匹かの、不安を知らぬ山のけものらが
入れ替わり来ては立ち止まる。そうして大きな鳥がなんの心配もなく
山頂の純粋拒否のめぐりに輪をかく。――だが
あらわに、ここ心の山巓にさらされて――

帰郷、どこへ……

帰郷、どこへ。腕はみな苦痛を覚え

眼差《まなざし》はみな誤解するというのに。
出発、どこへ。遠国は心のうちにあり、
きみの心にそれが実現せぬならば、

どのような道を取るにもきみは自らを偽るのだ。何がのこる。

何もない、存在することよりほかは。手近の石に向かって言うよりほかは。
きみは今私なのだ、と。しかし私は石だ、と。
ありがたいことに、艱難《かんなん》が私の内部から泉を噴《ふ》き出させる、
そして言うに言われぬものが私の内から叫ぶ、

それに駆り立てられると、人々の耐え得ないものなのに。

　　異なった年月の上に……
異なった年月の上に、星よ、

おまえは雲に包まれて立っていた。
わたしたちの混沌《こんとん》とした過去が今
ようやく道と見えてくる。

わたしたちの通ったあとに
跡さえつかぬあたりを、今こそわかる、
わたしたちは翔《と》んで来た——
　　　　だがそれは虹《にじ》のように
わたしたちの精神《こころ》にのこっている。

　　　おお、なんと私たちの……

おお、なんと私たちの悲しみの
葉むらは繁くなったことか。つい数年前なら
私たちは、驚くべき私たちの心のために
このように暗い隠れ場を見つけることはできなかったろう。

風は私たちの愛の唇から、静かな
炎をもぎ取って行ったことだろう。
そして不確かな時刻から、ひややかな
輝きが私たちの中まで落ちかかったことだろう。

だが今では、私たちの苦痛のうしろ側で、
たえず高まり、たえず繁りゆく悲しみの背後で、
私たちは燃え続ける、風の絶えた顔を向け合って。

もの憂い過剰の……

もの憂《う》い過剰の澱《おり》のなかから
私たちふたり互《かたみ》に示す告知が
私たちを愕然《がくぜん》とさせる。その告知とは？　私たちが消えてしまったと――
ああ、この接吻《せっぷん》が言葉であったのはいつのことだろう。

これらの接吻はかつて言葉だった。
広い世界への戸口で力強く語られると
それは門の扉をあけさせる力を持っていた。
それかまた、これらの接吻は叫びだった……

おまえのみごとな胸さながらに美しい
丘の上の叫びだった。空がそれを叫んだのだった。
空の嵐の青春の年月に。

鐘楼の大きな鐘の……

鐘楼《しょうろう》の大きな鐘のほとりに
住む鳥たちが
突然鳴りわたる鐘の音《ね》に
朝空にはじき出され

かたまり合って飛びまわり
彼らの美しいおどろきの
名を
塔のめぐりに書きつらねるように、
わたしたちも、この鳴り響く何物かに
じっとわたしたちの心のなかに閉じこもってはいられなくなる
……………………

くりかえし………

くりかえし、たとえわたしたちが愛の風景を知っていようと、
また嘆きの名前をつらねた小さな墓地を、
他《た》の人々の命果てた、恐ろしい沈黙の谷間を知っていようと、
くりかえしわたしたちはふたりして古い樹《き》の下へ
出かけ、くりかえし花たちのあいだに

この身を横たえよう、空にむかって。

愛のはじめ

おお、微笑、はじめての微笑、わたしたちの微笑――
どんなにみんなひとつだったか、菩提樹《ぼだいじゅ》の香《か》を吸うことと
公園の静けさに聞き入ることと――、突然互いに
見かわして、おどろきがしだいに微笑にまで変わってゆくことと。
この微笑のなかには、つい今しがた
むこうの芝生で遊んでいたうさぎの追憶がこもっていた。
これは微笑の幼年時代だった。
のちに白鳥が池の面を、音もないふたつの夕ぐれに
分けて進むのをわたしたちは見たが
その姿は微笑に溶け入ってもう厳粛さを増していた……
そしてきよらかに、ひろびろとして、もうすっかり
きたるべき夜を告げている夕空を

かぎっている梢《こずえ》の縁《ふち》は、そのまま、この微笑にとって、
顔のなかの恍惚《こうこつ》たる未来をかぎる縁を形作っていた。

自然は幸福だ……

自然は幸福だ。だがわたしたちの内部には
さまざまな力がぶつかり合いひしめき合う。
だれか心のなかに春を芽ぐませた人はあろうか。
光となってそそぎ、雨となって降る人は？
否《いな》みがたい確かな風が心をつらぬいて吹く人は？
自分のうちに鳥の翔《と》ぶ空を持つ人は？
どの樹《き》のどの枝もそうであるような
しなやかさと、もろさを持つ人は？

自分の心の傾斜の上を水のようにきよらかに

いきいきと、未知の幸福にむかって落ちてゆく人は？
そして静かに、誇ることもなく、登高を続け
のぼりきったところで牧場《まきば》の道のようにたたずむ人は？

俳諧

小さな蛾《が》の群れがふるえながら橅《ぶな》の木からよろよろと飛び立つ。
彼らは今宵《こよい》死に、そしてついに知ることはないだろう、
まだ春でなかったことを。

バラディーヌに

悲しみは重い大地だ。よろこばしい
意味がそこにほの暗く根を張り、
いつかは花咲きおどり出る。
ひそかな母胎、大地のようなおまえ、

おまえの内部ではすべてが名を持たなかった。
外ではじめて事物には名があった。

疑惑に倣《なら》い、時にならって呼ばれるのだ。
だが、とつぜん私たちは名前のあいだに
はればれとしたしあわせを置くことがある。
すると、その安らかな枠の中に
きよらかな雌鹿もあらわれ、
耿々《こうこう》と光る星ものぼる。

手

ごらん、部屋のなかへ迷い込んできた
小さな四十雀《しじゅうから》を。
二十ばかりの動悸《どうき》のあいだ
鳥は手のなかにじっとしていた。

人間の手のなかに。守ろうと決意した手のなかに。
所有する気はなく、ただ守ろうとする手のなかに。
だが
鳥はふと飛び立って
窓枠の上にひとり
まだ恐怖におびえながら
周囲にも世界のすべてにもかかわりなく
すっかり途方にくれている。
ああ、手とはこんなにも誤解されるものか、
救おうとする瞬間にも。
どんなに頼りになる手のなかにも
やはり死はありあまるほどにあり……

いつ、いつ、いつの日……

……いつ、いつ、いつの日、嘆きや言葉は

飽《あ》くことを知るのであろう。人間の言葉を自由に
駆使した天才は幾たりも出たというのに、なにゆえのあらたな試みか。

すでに、すでに、すでにひとは書物に打ちのめされたように
なっているではないか、鳴りやまぬ鐘の音《ね》に打たれるように。
書物と書物とのあいだ、ふと物言わぬ空がのぞくなら、よろこぶがいい……
あるいは夕べ、単純なひとひらの大地が。

あらしよりもはげしく、海よりも多く
人々は叫んで来た……どれほど多くの静寂が
宇宙のなかになければならぬことだろう、叫びやまぬわたしたち人間に
まだこおろぎの音《ね》がきこえるとは。人々のかしましく呼びかける高空《たかぞら》から
沈黙の星たちの光がわたしたちにふりそそぐとは。

ああ、語ること、それは遠い父祖たちがすでにわたしたちのために果たしてくれたのではないか。

だからわたしたち、わたしたちこそ、ついに聴く者、ひたすらに聴く最初の人
　間とならねばならぬ。

　　あの墓碑以上のことを……

あの墓碑以上のことをおまえは知ってはならない、
そしてそのきよらかな石のなかの穏やかな姿以上のものを。
それはほとんど晴れやかといってよく、ただかろやかに
それはこの地上で必要な労苦が欠けているかのよう。

かぎりなく遠ぞいてゆく旅路の
純粋な方向以上のことをおまえは感じてはならない——
ああ、そしてたぶん、彼女が夕ぐれ
時として肌身につけた宝石の冷たさ。

だがそのほかは、なれ親しんだもののなかに

認めらるなぐさめを大切にするがいい。
風はなぐさめ、なぐさめは炉の火。
此岸《しがん》と彼岸《ひがん》と、このふたつがふしぎに区別なく
おまえをとらえるがいい。さもなければ、それは
着物の白さと白とを区別することになるだろう。

早春

きびしい寒さは消えた。突然、あらわになった牧場《まきば》の
灰色のなかにいたわりのような気配がただよう。
ささやかな流れが音色を変え、
さだかならぬやさしさが
あたりの空間から地面の方へおりてくる。
道がはるかに平地のむこうに伸び、春の訪れを示すよう。

ふと気づくと、まだ芽を吹かぬ樹《き》のなかにも
伸び上がろうとする表情がある。

かつて人間がけさほど……

かつて人間がけさほど
めざめていたことがあったろうか。
花や小川ばかりでなく
屋根さえもよろこびにあふれている。

古びてゆく屋根の縁さえ
空の明るみを映して、――
感じるものとなり、国となり、
答えとなり、世界となる。

一切のものが息づき感謝している。

おお、夜のもろもろの苦しみも
今はあとかたもなく消え去った。

思えば夜の闇《やみ》さえも
光の群れから作られていた、
純粋な矛盾、光の闇。

オデット・Rに

真実な涙は空にのぼる。

おお、ひとつの生が
のぼりつくし、みずからの悩みの雲間から
降るとき、わたしたちはこの雨を死と名づける。

だがそのために貧しいわたしたちに、あの幽暗な世界が感じやすくなり、そのためにわたしたち豊かなものに、まれなる大地がいっそう貴重なものとなる。

うつそみのいのちの道……

うつそみのいのちの道。とつぜんそれは飛翔《ひしょう》となって
わたしたちにわずらい多い日常を越えさせます。
こわれた瓶《かめ》を思って泣いているうちに
何もなかった手に泉が湧《わ》きこぼれます。

馴れしたしんだ水槽《すいそう》から飲む素朴なしぐさ、
内側には入りくんだ運命がひそかに描かれていて。
そうです、それはわたしです。わたしにやましいところはないので、
わたしが身をかがめても暗くはなりません。

わたしの光がいそいそとした手に落ちかかります、
けれどわたしの影はなお深く届きます。

わたしが忘れたとて影は消えるというのではありません、
ただ、それが大地とひとつになってくれればと思うのです。

薔薇の匂いが……

薔薇《ばら》の匂いがどんなだったか、毎年毎年
忘れていったとあなたは言うのか。今年はおぼえていられるだろうか。
――ああ、誰が匂いを引きとめ得よう。形あるものさえ
私たちを喜ばすと見るまに私たちから流れ去って行くというのに。

私は在《あ》る！　と好意もつ近いものからの呼び声がきこえる。
私は在る！　と私たちの内部からそれに答える叫びがある。

だが私たちのおこないが私たちの横を辷《すべ》り落ちて行ったとき、
どこに存在する者はあったか。存在はどこにあったか。

存在するのは神々ばかり。神々の鏡の中を
私たちは動物と植物を背景に通りすぎて行く。

ファネット・クラヴェル夫人に

沈黙。沈黙すること深き者は
言葉の根に生き当たる。
かくていつの日か、めざめる
一字一字は勝利となる、

沈黙の中でも沈黙しない物に対して、
意地わるくさげすみ笑う物に対して——。
跡かたもなく消え去るために
言葉は人に与えられた。

ローベルト・フェージー夫妻に

すでに忘れられた領域から、かつての経験が
おもむろにわたしたちにむかって立ちのぼってくるとき、
——純粋に克服され、おだやかに、はかりがたく、
そして不可侵の世界の体験をくぐって——

そこにこそわたしたちの考える言葉がはじまる、
それは静かにわたしたちを凌駕《りょうが》して永久の価値をもつ。
わたしたちを孤独にする精神は、かえって、
わたしたちを結び合わす自信に満ちて静かなのだ。

散　歩

もうわたしの目は、日のあたっているあの丘に行っている、

まだ踏み出したばかりの道に先立ち。
するとわたしたちのつかむことのできなかったものが
あざやかな姿を浮かべて、遠くからわたしたちをつかむ——

そしてわたしたちがそれに達しないうちにわたしたちを
ほとんどまだ自分でも気づかぬわたしたちへと変えてしまう。
わたしたちの合図に応じて彼方《かなた》からも合図がくる……
だがわたしたちはただ吹き寄せる向かい風を感じるばかり。

泉よ、その湧きのぼる……

泉よ、その湧《わ》きのぼる
なんというすばやさ。
何に押し上げられてくるのだろう、
ほがらかに、きよらかに。

地の底に宝石があって
光があつめられるのか、
それで草地のふちを今
しずかに光り流れるのか。

こんな水のむじゃきさに
どう答えるわたしたちだろう。
ああ、分析しか知らぬわたしたち、
湧き出る水も深い大地も。

これは呼吸とも……

これは呼吸とも言えはしまいか、魅惑と
断念との、このたえまない交替は。
ただ過去として風のようにそよいでいたものが
ふたたび相寄って真近いひとつの顔となるとき。

世界と顔、それはどんなに押しのけ合い、
しかも奇妙にひとつであることか。どちらがまさるということもなく……
きのうわたしは、はるかな山の斜面に心満ち足りるのを
おぼえた。きょうわたしは見上げるひとつのまなざしを、
ひとつの口を求めてあえぐ。

世界は恋人の顔のなかに……

世界は恋人の顔のなかにあった——。
だが不意にそれは外へあふれ出てしまった。
世界は外にある、世界はとらえるすべもない。

なぜわたしは飲まなかったのか、その顔を持ち上げたとき、
満ちみちた、愛らしい顔のなかから
ほのぼのとわたしの口近く匂っていた世界を。

ああ、わたしは飲んだのだ。限りもなくわたしは飲んだ。
だがわたしもまた世界でいっぱいになり
飲みながらみずからもあふれてゆくのだった。

時として梢からくる合図を……

時として梢《こずえ》からくる合図を受け取るがよい、
挨拶《あいさつ》のように、再会のように。
そして小鳥らの飲む水盤のように
おまえのうちに雨をきよらかに湛《たた》えさせよ。

何物も失われはしない、すべては先へと渡される。
このことを心の奥底で理解する者は、のぼる。
そのはしごの先は上の方で、たしかに
志を同じくするものに立てかけられている。

ああ、どれほど多くの……

ああ、どれほど多くの空《むな》しい回帰が
風のなかに溶けこんでいることだろう。
私たちを押しのけた多くのものが、
私たちが通りすぎたあとになって
途方にくれながら腕をひろげる。
戻る道はあり得ないのだ。
すべてが私たちを押し出してしまう。
そうしておそく戸口をあけている家は
いつまでも空《から》のままだ。

日ざしになじんだ道のほとり……

日ざしになじんだ道のほとり、

うつろになった樹《き》の株が
久しく水槽《すいそう》のようになって、静かな水をたえず
あらたに湛《たた》えながらそっと澄んでいる、わたしはそこで
わたしの渇きをしずめた。憂《うれ》いない水の、生まれながらのきよらかさは
わたしの手くびから沁《し》みるようにわたしの身うちに伝わってくる。
飲むことはわたしにはあまりにあらわな、行きすぎたことに思える、
だがこの、いわば待つだけの手つきが
澄み透った水をわたしの意識に沁みわたらせる。

だから、たとえおまえがわたしのところにくる日があっても、
わたしの渇きをしずめるのに、わたしはただそっと手を置くだけで足りるだろう、
おまえの若々しい肩のまるみであれ、
おまえのゆたかな乳房のふくらみであれ。

魔術

このような形象は、言いようもない
変容から生まれるのだ――感じよ、信じよ。
私たちはよく悩む、炎が灰になると。
だが、芸術にあっては、塵が炎になるのだ。

ここに魔術がある。ごく卑俗な言葉が
魔法の世界へのぼる階段のよう……
だがそれは、目に見えない雌鳩《めすばと》を呼ぶ
雄鳩の呼び声のように真実だ。

星あかりと共に……

星あかりと共に私たちのところにくるもの、
私たちのところまでくるものを、
世界全体のようにおまえの顔の中に受けとめよ、
それを安易に受け取ってはならない。

夜がおまえに持って来たものを
静かに受け取ったと、夜に示すがよい。
おまえがそっくり夜の中に入り込んだときはじめて
夜がおまえの存在を認めるだろう。

　どこかで別離の花が……

どこかで別離の花が咲き、たえまなく
花粉を散らし、わたしたちはそれを吸う。
吹き寄せやまぬ風のなかでもわたしたちは別離を呼吸する。

　落ちる水、いそぐ水……

落ちる水、いそぐ水……
ほがらかに落ち合い、ほがらかに分かれ行く水……動きやまぬ風景。
水に水は押し合い
草地の斜面には
響きの中に架かる静寂。

時間はこの水の中に溶け込んでいるのだろうか、
忘れやすい耳のほとりに
ふと湛《たた》えては流れ去る時間。
斜面という斜面からは
地上の空間が
天上へと立ち昇って行きながら。

おお、大地よ……
おお、大地よ、涙の壺《つぼ》のために
わたしにめぐめ、純粋な土を。

わたしの奥深く、行き場を失っていた
涙を今こそ、そそぐために。

抑制よ、とけて、しなやかな器《うつわ》のなかへ
よどみなく盛られてゆけ。
逆らうのはただ虚妄《きょもう》の場所、
すべての存在は正《ただ》しくその処《ところ》を得る。

おお ラクリモーサ*

I

おお　涙を湛《たた》えたひとよ、こらえている空よ、
悲しみの土地の上で次第に重さを増してゆく。
そして彼女の泣くとき、斜めに降る
柔らかな驟雨《しゅうう》は心の砂地に吹きつける。

おお　涙で重くなっているひとよ、涙の秤《はかり》よ、
晴れている間は自分を空と感じなかったひとよ、
けれど雲のために空となるよりほかないひとよ。

こんなにまで明らかに、近いのか、おまえの悲しみの国は、
きびしい単一な空の下で。まるで
横になったままゆっくりとめざめてゆき、
世界の深淵に面して水平に思考する顔のように。

〔訳注〕

＊　ラクリモーサはラテン語で、涙に満ちたひとの意。中世のミサ曲「いかりの日」の第十節のはじめの句より。リルケはクルシエネックの作曲のためにこの詩を書いた。

Ⅱ

虚空は穏やかな呼吸の一息に他ならぬ。そして
あの美しい樹々《きぎ》の緑に満ちた存在も。

そう、一息の呼吸！
私たち、まだ息を吹きかけられる者たち、
今日もまだ息を吹きかけられるだけの者は
大地のこのゆるやかな呼吸をかぞえる、
大地のせわしい息づかいに他ならぬ私たちは。

Ⅲ

だが冬！　おお大地の
このひそかな内省よ、死者たちのめぐりに
きよらかな樹液を回収し、
果敢な力を蓄えるとき。
きたるべき春の果敢さ。
凍結の底に
思考がめぐらされるとき。
偉大な夏に着古された
緑がふたたび、あらたな

着想となり、予感の鏡となるとき。
草花の色が
私たちのまなざしの滞留を忘れるとき。

墓碑銘

薔薇《ばら》、おお純粋な矛盾の花、
そのようにも多くのまぶたを重ねて
なんびとの眠りでもない、よろこび。

ヨハナ・フォン・クーネシュ夫人に

月日が逝《ゆ》くというけれど……それは汽車に乗っているときとおなじだ。
走っているのはわれわれで、年月は止まっているのだ、
太陽に明るんだり、霜《しも》にとざされたりする
旅のガラス窓の背後で本当は動かない風景のように。

過ぎ去ったことがどのように空間のなかに収まることか、
——草地になり、樹《き》になり、あるいは
空の一部となり……蝶《ちょう》も
花もそこにあって、何ひとつ欺《あざむ》くものはない、
変身は偽りではない……

とっくに私たち住人のもとを……

とっくに私たち住人のもとを遠く去って星空へと移し入れられた
窓、祝祭し、滅びを知らぬ窓よ。
琴座や白鳥座のあとに生き残り
ゆっくりと神化されてゆく最後の形姿よ。

私たちはまだおまえを用いている、かろやかに
家々の枠にはめ込まれた

形、それは私たちに遥かさを約していた。
だがこの上なく孤独な、しばしば地上に縛られている窓は
おまえの変容を模するのだった。

運命がおまえをそこへ投げたのだ、
喪失と消失を測る、運命の無限の尺度。
動かぬ星からなる窓、それが今そぞろに歩みを起こし、
さし示す者の頭上たかくのぼってくる。

〈フランス語の詩〉より

『果樹園』より

わたしたちの最後から一歩手前の……

わたしたちの最後から一歩手前の言葉は
みじめな言葉かもしれない、
しかし、母なる良心を前にして
わたしたちの最後の言葉は美しいにちがいない。

なぜなら、どんな苦《にが》さも
押えることのできない
ひとつの望みのすべての努力を
ひとつの言葉に要約しなければならないのだ。

いそぐ水、走る水……

いそぐ水、走る水、――ぼんやりした大地に
すいこまれる忘れやすい水、
わたしたちのくぼめた手のひらに、しばしはとどまれ、
　思い出すがいい。

きよらかな、すみやかな愛、無関心、
走りすぎるほとんど不在といっていいもの、
おまえの慌《あわただ》しい到着と出発とのあいだで
ふるえる僅《わず》かな滞在。

噴　水

わたしはただひとつの教訓しか望まぬ、――自分自身の

なかにふたたび落ちてゆく噴水よ、それはおまえの訓《おしえ》、——
地上の生への、天空からの回帰を
なしとげねばならぬ果敢《かかん》な水の訓。

おまえのあまたのささやきほど
わたしに手本を示してくれるものはない。
おまえ、おお、みずからの本性に従って
こわれる寺院のかろやかの柱よ。

おまえの落下のなかで、水柱のひとつひとつが
なんとさまざまに転調しつつその踊りを終えることか……
わたしはおまえの、かぞえきれぬニュアンスの
弟子、好敵手!

しかしおまえの歌よりもなお、わたしをおまえへと向かわせるのは
それはおまえの躍動する飛沫をぬって散り行く

おまえ自身の夜への回帰が、ふとそよ風にひきとめられる
狂熱のなかの沈黙の一瞬。

こんなに多くの……

こんなに多くの重苦しい願望を
引き寄せるのはどんな太陽なのだろう。
きみたちの語るこの情熱を容《い》れる
天空はどこにあるのだろう。

私たちがたがいに喜び合うために
そのように力み合う必要があるだろうか。
相反するかくも多くの力の渦に
動かされる大地の上で
われひとともに軽やかにいよう。

果樹園をよく眺めてごらん。
その重さは避けがたいことだ。
だが、その同じ困難さから
それは夏の幸福を生みだすのだ。

崇高なものは……

崇高《すうこう》なものはひとつの出発なのだ。
私たちの何物か、私たちに従うことを
やめて、ひとりでに横にそれ、
高空に住みつくもの。

芸術の行きつく果ての出会いは
この上なく穏やかな別離ではないだろうか。
そして音楽。私たちが私たち自身にむかって
みずから投げかけるあの最後のまなざし！

しかしどれほど多くの港が……

しかしどれほど多くの港があることだろう、そしてその港のなかに
どれほど多くの戸口があって、おそらくおまえを迎え入れることだろう。
ひとがそこからおまえの生とおまえの努力とを見ている
どれほど多くの窓があることだろう。

未来のつばさをもつどれほど多くの種子が
あらしのまにまにはこばれ、
あるやさしい祭りの日
その開花がおまえのものとなるのを見ることだろう。

つねに呼び交わし応《こた》え合うどれほど多くの生があることだろう。
そしておまえ自身の生が
この世にありながら、行う飛躍によって

どのように多くの無が和解せしめられることだろう。

　　すべてはすぎ去るものならば……

すべてはすぎ去るものならば
すぎ去るかりそめの歌を作ろう。
わたしたちの渇きをしずめるものならば
わたしたちの存在のあかしともなろう。

わたしたちから去って行くものを
愛と巧みをこめてうたおう。
すみやかな別れより
わたしたちみずからがすみやかな存在となろう。

天使たちの目から……

天使たちの目から見れば、樹木の梢《こずえ》はたぶん
空から水を吸う根なのだろう。
そして土のなか、橅《ぶな》の深い根は
静かないただきとも見えるだろう。

彼らにとって、大地は透明なのではなかろうか、
物体のように充実した空に向き合って。
死者らの忘却が、泉のほとりで悲しんでいる
この燃えるような大地が。

うつろいやすいかのひとときに……

うつろいやすいかのひとときに思うさま愛しきれなかった

さまざまの場所への郷愁よ、
ゆるがせにした仕ぐさ、つぐないの行為を
はるかから彼らに返してやることができたなら！

もと来た道を引き返し、しみじみと
——今度はひとりで——あの旅をやり直すのだ、
あの泉のほとりにもっとゆっくり足をとめ、
あの樹《き》にふれ、あのベンチをなでるのだ。

世間のだれも相手にしない
あのさびしい礼拝堂にのぼってみよう、
あの墓地の鉄格子《てつごうし》を押し、
墓地の深い沈黙《しじま》とともに沈黙《ちんもく》しよう。

なぜなら、今こそ繊細《せんさい》な、敬虔《けいけん》な
接触をもつことが大切ではなかろうか。——

ある者は強かった、それは大地が強いからなのだ。
そしてある者は嘆くが、それは大地をあまり知らないからだ。

泉の水をのむ馬……

泉の水をのむ馬、
落ちる途中、わたしたちにふれる木の葉、
うつろな手、あるいは、わたしたちに
話しかけようとして、しかねている口、——

それらはみな、渇きをいやす生のさまざまな変化、
まどろむ苦痛のさまざまな夢。
おお、心やすらかな人があるなら
生けるものを捜し、それをなぐさめるがいい。

わたしは動物の……

わたしは動物の目のなかに
永続する穏やかな生を見た。
冷静な自然の
公平無私の静かさを。

動物も恐れを知らぬのではない。
けれども彼らはすぐ前に進み、
その充溢《じゅういつ》の野の上で
他処《よそ》の味のしない
現前を草はむ。

「ヴァレーの四行詩」より

小さな滝

おまえをはだかにするものを
たえずまたまといながら、ニンフよ、
おまえのからだが、まるい荒い
波のためになんと燃え立つことだろう。

たえまなくおまえは着がえをし
髪さえも変える。
こんなにも多くの遁走《とんそう》のかげに
おまえの生はつねに純粋無垢《むく》の現前だ。

なんという夜の……

なんという夜のしずけさが
空からわたしたちにしみとおってくることか。
おまえたちの手のなかの大切なデッサンを
かき替えてでもいるかのようだ。

小さな滝がうたっている、
感動したニンフをそっとかくまうために……
空間ののみ込んでしまった
非在の在がひしひしと感じられる。

風の吹き荒れた……

風の吹き荒れた一日のあと、

はてしれぬ平穏のなか、
夕ぐれは聞き分けのいい恋人のように
仲直りしておとなしくなる。

すべてはしずけさ、明るさとなり……
ただ地平には
金色に照らし出されて
雲の美しい浮彫《うきぼり》が積み重なる。

二つの牧草地に……

二つの牧草地にはさまれて
どこへも通じていない道、
まるで、じょうずにその目標から
そらされてでもいるように。

しばしば自分の前に
純粋な空間と
季節よりほか
何も持たない道。

それを未来永劫に……

それを未来永劫《えいごう》にわたって
たたえ続けるであろう人々、
羊飼いと葡萄《ぶどう》作りとによって
眺められてきたこの空。

それは彼らの目によって
永続するものとなったのであろうか。
この美しい空と、その風、
その青い風。

そして凪のあとの
かくも深く、かくも力強い静寂、
それは満ち足りて
眠りに入る神のようだ。

『薔薇』より

わたしは見る……

わたしは見る、薔薇《ばら》よ、半《なか》ば開かれた本、
こまかにしるされた幸福のページが
いっぱいで、とうてい読みきれない、
魔術師のような本。

風にひらかれ、たぶん目を閉じて
読まれる本……
どれもこれも同じ思いを持ったため
うろたえて蝶《ちょう》の飛び立つふしぎな本。

薔薇よ……

薔薇《ばら》よ、おお、この上もなく完全なものよ、
限りもなくみずからをうちに含み、
限りもなくみずからに答えるもの、
あまりの美しさに、そこにあるとも
思えぬからだから生《お》い出た頭部。

おまえに比べられるものは何もない、おお、おまえ、
そよぎやまぬ滞在の至高の精よ、
ひとの行きなやむ愛の空間を
おまえの香気は行きめぐる。

ただ一輪の……

ただ一輪の薔薇《ばら》、それはすべての薔薇、
そしてまたひとつの薔薇。
物らの本文にとり囲まれた
かけがえのない完全な柔軟な言葉。

この花なしにどうして語れよう、
わたしたちの希望であったものを、
たえまない出発のあいまの
やさしい休止の時どきを。

閉じたわたしの……

閉じたわたしの目にもたれた
みずみずしい明るい薔薇《ばら》よ、——
あついわたしのまぶたに
かさねられた

千のまぶたのように。
わたしの擬態《ぎたい》を包む千の眠りよ、
わたしは眠ると見せて、
そのかぐわしい迷路をさまよう。

内側に限りもなく……

内側に限りもなく咲く花よ、
泣き女のようにさめざめと露《つゆ》にぬれ、
あまりにも多くのおまえの夢の重さに
朝の上に身をかがめる。

おまえの眠っているやさしい力は、
さだかならぬ望みのままに、
頰とも乳房とも見える

ほのかな形をひろげてゆく。

だれひとりそばに……

だれひとりそばに残ってくれず、にがい心の
やり場もない時の女の友、薔薇《ばら》よ、
そのひとがいるだけで、あたりの空気に
しみじみとした愛撫《あいぶ》が感じられるなぐさめ手。

ひとが生きる望みをすて、過去にあったもの、
未来にくるかもしれないものを否定するとき、
わたしたちのかたわらにあって、妖精のいとなみを
根気よく続けるこの友のことを、ひとよ、忘れてはいないだろうか。

夏——いくにちか……

夏——いくにちか
薔薇《ばら》の同時代者になる。
彼女らの花開いた魂のまわりに
漂うものを呼吸する。

死に瀕《ひん》する薔薇を
したしい心の友とし、
ほかの薔薇にとりまかれて姿を消す
この姉妹《きょうだい》に先立たれる。

おまえのなかに……

おまえのなかに、おまえ以上のものを、

おまえの精髄を生み出すのはおまえ自身だ。
おまえから湧《わ》き出るもの、この不安なまでの胸のおののき、
これはおまえの舞踏だ。

花びらはどれも言い合わしたように
風のなかで、ふたあし三あし
目に見えない
かぐわしい足ぶみをふむ。

おお、目の音楽よ、
すっかり目に包み込まれて、
そのなかでおまえは
ふれがたいものとなる。

『窓』より

おまえはわたしたちの……

おまえはわたしたちの幾何学ではないのか、
窓よ、わたしたちの巨大な生を
やすやすと区切る
いとも単純な形よ。

わたしたちの愛する人が、おまえの額縁に
囲まれて姿をあらわすときほど、
美しく見えることはない、ああ窓よ、
彼女をほとんど永遠にするのはおまえだ。

あらゆる偶然は除き去られ、存在が
愛のただなかに身を置いている、
まわりのすこしのこの空間と共に
ひとは存在をわがものとする。

〈遺稿〉より

俳　諧

実を結ぶのは花を咲かせるよりむつかしい、だが、それは言葉の
樹《き》ではなく――
愛の樹のこと。

訳者あとがき

高安国世

ライナー・マリア・リルケ(Rainer Maria Rilke, 1875-1926)は、ドイツ近代詩人の代表的な一人で純粋な抒情詩人であるが、わが国ではむしろ『マルテの手記』という小説や、評論『ロダン』などで知られる。というのも彼の詩はたんに甘美な抒情詩であるというよりは、現代の文明世界の中にある人間危機の不安と格闘するところに生まれた詩人独自の思想を色濃く帯びたものであり、表現も抽象名詞を多く含み、しかもその一つ一つに独自なニュアンスを持つので、翻訳してそのまま日本語の詩として味わうに足るようにすることは容易のわざではないからである。それで、ここに訳出することのできたのはリルケの詩のほんの一部、あるいは一面にすぎないことをまずお断わりしておきたい。

ところでリルケについては、すでにわが国でも多くの参考文献もあり、おおよそのことは知られていると思うので今更くだくだしい解説はしない。ただ、はじめての人のために彼の外的生涯を数行で述べるとすると、リルケは一八七五年プラハにドイツ人を両親として生まれた。その後、両親離婚のため、父の希望に従って十一歳から十五歳まで陸軍の学校で寮生活を送り、病身を理由に退学、自宅で勉強をして二十歳のときプラハの大学へ入る。二十一歳でミュンヘンに移り、ルー・アンドレアス＝サロメという偉大な女性の導きで世界文学を知り、また彼女のあとを追ってベルリンに出、さらに彼女と共に一八九九年と一九〇〇年の二度にわたってロシア旅行をして、精神形成上大きな影響を受ける。北独ヴォルプスヴェーデの芸術家村で女流彫刻家クララ・ヴェストホフを知り、彼女を通じてロダンの作品に関心をいだく。一九〇一年に彼女と結婚。翌年、妻子と別居してパリに出る。ロダンに会い、その評伝を書く。その後、ヨーロッパ各地を転々とし、最後にスイスのヴァレー地方にあるミュゾットの館《やかた》に居を定め、一九一二年以来未完成のまま心にかかっていた生涯の大作『ドゥイノの悲歌』を書き終え、一九二六年に死んだ。

リルケの思想の生成についても書くべきであろうが、それは他の場所にゆずって、ここではリルケの詩についての大体を述べておこう。

収録詩篇について

私にとってリルケの詩を読むよろこびは、最近では『オルフォイスに寄せるソネット』と、それ以後の詩、とくにフランス語の詩の或るものなどについてである。青年期から壮年期にかけては私もリルケ＝マルテにならって、耐えがたいものの中にも真実を見ずにはいられず、閉じたいまぶたをも見開いて「物」を見ようとつとめ、ロダンの彫刻に学んだリルケにならって「浮彫《うきぼり》の手ざわりを持つ詩行」を得んことを願った。それは感情のように流れ去るものをでなく、すみずみまでゆるがせにせぬ手仕事の良心をもって造型することをこころざし、そういう作品を成就《じょうじゅ》することによってしか精神の安定を得られず、自己を確認できないと感じていたからである。
だが、最晩年のリルケはフランス語詩集『果樹園』の中で、

すべてはすぎ去るものならば
すぎ去るかりそめの歌を作ろう。
…………
すみやかな別れより
私たちみずからがすみやかな存在となろう。

とうたうように、もはや私たちの存在のはかなさをはかないままに肯定し、物に執し自己にとらわれることなく、はかないものの姿をはかないながらに限りない真実の姿とし

てうたおうとする。

だから同じくフランス語で書かれた『薔薇《ばら》』という詩集の中で、

夏――いくにちか
薔薇の同時代者になる。
彼女らの花開いた魂のまわりに
漂うものを呼吸する。

死に瀕《ひん》する薔薇を
したしい心の友とし、
ほかの薔薇にとりまかれて姿を消す
この姉妹《きょうだい》に先立たれる。

とうたうとき、そこには自己を示す主語も動詞の変化もなく、すべて動詞の不定詞だけがある。もはや「私」に執することはなく、私は花と共にすごす一般的存在である。花は心を打ち明け、そしてひとりひとり不在となる。あとにのこる。――やがては他の姉妹たちもこの身も消えていくのであろうが、今はこのひとりに先立たれて。

安らかで同時に透明な寂しさが、この不定詞からにじみ出る。詩人はもうこの寂しさを隠そうとはしない。寂しさを肯定するのは、それだけ存在に対する強い確信が持てた結果である。もはや強がりも抑制もいらない。「わたしの奥深く、行き場を失っていた涙を今こそ、そそぐために」詩人は大地に純粋な土を乞うて涙の壺《つぼ》を作ろうという。「すべての存在は正《ただ》しくその処《ところ》を得る」

詩人リルケのそこにいたる道程は苦悩に満ちた長い道のりであった。だから一見、リルケ晩年の詩に東洋的な諦観《ていかん》があるとしても、それは私たちが伝統的な情緒に拠《よ》るような短絡的なものではなかった。初期の詩作から彼の努力のあとをたどって見れば、それは明らかなことである。「全体」から切りはなされた個の嘆き苦しみ闘いが、膨大《ぼうだい》な彼の作品の中から湧《わ》き上がってくるのを私たちは聞く。それは今や私たちにとっても他人《ひと》事《ごと》でなくなった。リルケを受け入れる地盤は、彼の生地を遥か距たった私たちのところでも今は整った観がある。私たちの身のまわりを取り巻く情況からくる不安や嘆きを、精神的な面でせんじつめれば、「全体」とひとつに溶け合うことのできないあの不安、嘆きに行きつくであろう。たしかにこれはリルケの詩を読み解くためのひとつの鍵《かぎ》であろう。今や私たちもひとりひとりの胸の中に、この合鍵を持つようになったのではあるまいか。以下リルケの詩について、詩集別に年代順に簡単な解説を加えておく。

『第一詩集』(一九一三年)はプラハの街と、その中の暗くはかない人の心をうたった詩の多い『家神奉幣《かしんほうへい》』(一八九五年)と、夢と愛、少女と憧憬《どうけい》とをうたった『夢の冠』(一八九六年)と、当時の新文学としてもてはやされたメーテルリンク風な神秘的な予感を含んだ『降臨節』(一八九七年)の三つの詩集をのちに合わせたものである。もちろん後年のリルケの片鱗《へんりん》をうかがわせる詩句がないわけではないが、おおむねまだ一般的、情緒的で、とくに云々《うんぬん》すべきものはない。

『初期詩集』というのは、『わが祝いに』(一八九九年)という詩集に一九〇九年になって手を入れ改題刊行されたものである。改作されたものを原作と比較すると、のちにはリルケが言葉に対して、いっそう地味に真実におもむこうとしたことがうかがえる。しかし、そういう態度はすでに『わが祝いに』時代に胚胎《はいたい》していた。言葉に対する敬虔《けいけん》、事物に対する畏敬――それらがこのころの詩のモチーフになっている。また、自我の束縛を解き放って万象とひとつになって揺れ動きたいという、晩年の思想に通じる願いは「私の生はどこまで……」の詩に見られる。

『時禱《じとう》詩集』(一九〇五年)は、一八九九年ルー・アンドレアス＝サロメ夫妻と共におこなったロシア旅行の体験と、その前のイタリア旅行中の体験とにもとづく汎神論的《はんしんろんてき》な感情に満ちた「第一部・修道生活の書」(一八九九年)と、一九〇〇年の二度目のロシア旅行のあと、一九〇一年にクララと結婚してヴェスターヴェーデで書いた「第二部・巡礼の書」(一九〇一年)と、その後、結婚生活を解体して単身パリへ出て、つぶさに体験した大都会の頽廃《たいはい》と醜悪、その孤独な体験の底からはじめて湧き上がって来た「内からの輝きとしての貧困」、「自分自身の死」という独自な思想の芽生えの見られる「第三部・貧困と死の書」(一九〇三年)の三部から成っている。

『形象詩集』(一九〇二年)の詩はおそらく一八九八年ごろからの作であるが、現在私たちの見るのは一九〇六年の再版以降のもので、これには一九〇二年ごろからのパリでの作品三十数篇が増補され、『新詩集』の時期と重なるものもあるため、さまざまな作風を含んでいる。ロシアで神と人との未分離、内界と外界の調和という体験をしたリルケも、西欧人としてそれを長く自分のものとすることはかなわず、意志と努力とによってあらためてそれをかちとらねばならぬ運命であった。「詩を完成する瞬間にのみ魂の不安も解消する」そのためリルケは「見ることを学ばねばならぬ」のである。一九〇〇年ヴォルプスヴェーデでの印象派芸術家たちとの生活、デンマークの詩人ヤコブセンの自然観入に学んだこと、などがこの詩集の方向を形作っているだろう。

『新詩集』(一九〇七年。別巻、一九〇八年)は、ロダンによって学び、ゴッホやセザンヌによってさらに確実にされた芸術創作の態度、理念の実践である。ロダンの彫刻「老婆」が示すように、醜いものの中にも「存在するすべてのものの底にある真に『存在するもの』」をつかむこと。手仕事により、完璧な「肉づけ」によって確乎《かっこ》として存在するものとなった「物」をだまって差し出すこと。つまりその「物」への愛情の告白でなく、説明でなく、存在そのものを差し示すこと。その他ロダンに学んださまざまな芸術理念の実践をこの詩集に見ることができるだろう。だが、この詩集のもうひとつの特徴は、そういういわばアポロ的清澄さの対極をなす、おびただしい悪夢にも似た不安、底知れぬどろどろした性愛的要素、グロテスクなイメージと表現などである。それはこの時期と重なるところの多い『マルテの手記』とやはり共通したものと言わねばならぬ。新旧の聖書中の素材も、このころのリルケの手にかかると、キリスト教的な敬虔さはまったく度外視され、むしろ冒瀆的《ぼうとくてき》ですらあるだろう。しかしそれはぞっとする醜悪なもの、みじめなものの中に神性を、既成宗教的でない神性を認め、あるいはそういうものから目をそむけないところにのみ人間存在の確かなあり方、不安の克服があるとするリルケの信念からくるのであろう。

こういう一面に支えられてこそ、「豹」とか「古代のアポロのトルソー」とかいった視覚的造型的な作品や、「海のうた」「薔薇の内部」のような音楽的な作品、要するに詩人の内部の不可知な危険な何物かを感じさせないような明澄な完成した作品が力強く確乎としてあり得るのだ。

『ドゥイノの悲歌』(一九二三年)は『オルフォイスに寄せるソネット』(一九二三年)と並んでリルケ畢生《ひっせい》の大作と言われる。後者が一九二二年二月にほとんど一気に書き上げられたのにくらべ、『ドゥイノの悲歌』は一九一二年一月半《なか》ばにイタリア、アドリア海に面するドゥイノの古城で書き始められてから、十篇の完成まで十年の歳月を要した、という点でも他に類を見ない詩篇と言うことができよう。

この長篇詩の画期的な点は、自己に関する、あるいは現代に関する個々の問題を取り扱うというのでなしに、現代という時代の中に置かれた人間存在全体の問題を扱い、真に存在するとはどういうことかを問い直そうとするところにある。それはみずからを取り囲む現実全体がとらえがたい暗い霧《きり》に包まれており、人間自体はみずからの意識のとりことなって恐るべき孤独に住するほかはないという情況の中で、もはや現実の個々の物事に意味を見出し得ないという実感からくることであろう。昨日までの人間的価値が足もとから崩壊して行く現代、拠るべきものがどこにもないという「家なき人間」にとって、存在とは何であろうか。物や動物たちは意識を持たないことによってかえって世界全体の中に安住している。人間の中ではせいぜい子供、恋の女たち、若くして死んだ者ら。だが本当に私たち人間のみじめさ、はかなさに慟哭《どうこく》するとき、その対極として天使の姿があらわれてくる。『ドゥイノの悲歌』はキリスト教的な天使でない、リルケ独特の天使というものを設定することによって、ひとつの枠、骨格を得、一種の劇的な展開をも得たというメイスンの説はもっともであろう。そうして時間と空間の制約を受けぬ完璧な天使の存在をバックグラウンドにして、はじめて人間存在の輪廓《りんかく》が明瞭にされ、たんなる個人的な述懐の性格を払拭《ふっしょく》して、壮大な神話的な色彩が獲得されたと言うことができよう。

『ドゥイノの悲歌』は十篇の連作であって、全体としてひとつのまとまりを持ったものであるけれども、なんと言っても十年の歳月の幅をもって成立したものだけに、よく見ると「第一の悲歌」成立当時のはげしい暗い調子と、「第七の悲歌」「第九の悲歌」などに見る肯定的要素との混淆《こんこう》があり、しかも全体としてはかならずしも暗色から明色への移行という構成でもない。全体はやはり名のごとく悲歌であり嘆きであるだろう。しかし「讃《ほ》め歌の国の中をのみ嘆きは歩くことを許される」とうたう『オルフォイスに寄せるソネット』が、『ドゥイノの悲歌』完成の直前にほとばしり出たことを考えても、一九二二年の悲歌完成の時点では、世界大戦をはさむ大きな体験と沈黙を経て作者の内部には微妙な変化が起こっていたのである。それがおのずから『ドゥイノの悲歌』一連の中に入り込み、当初の調子を単一につらぬくことをさまたげたと見ることができる。しかしそれだけに『ドゥイノの悲歌』は複雑で豊富な内容を盛る結果になったと思われる。人間が人間である以上、その制約を克服することはあり得ない。嘆きは尽きることがないのであるが、このはかない人間にも生き甲斐《いがい》が見出されたのである。人間の心をもってこの世界を「目に見えないもの」に変えること、いわば「心の仕事」があったのである。このことのかなう限り、人は生きるに値し、この世は「讃め歌」をうたうに値するのである。

『オルフォイスに寄せるソネット』は右の確信の上に咲いた花である。『ドゥイノの悲歌』のおもおもしい嘆きの調子とは打って変わって、全篇に言うに言えない軽やかな息吹《いぶき》が満ちわたっている。

『ドゥイノの悲歌』が天使を設定して全体のまとまりを得たように、『オルフォイスに寄せるソネット』のソネットはギリシア神話の歌の神オルフォイスを詩人の理想として想定し、すべてはオルフォイスへの賛歌となるという前提のもとに、地上的な個々の事物をうたうことができた。神話のオルフォイスは自分の歌声によって野山の獣たちの心をやわらげ、樹《き》や岩をも感動させたと言われる。そして妻のオイリュディケーが死んだとき、ハーデス(冥界《めいかい》)にくだって、歌声でそこの女王ペルゼフォーネの心を動かし、妻を地上につれ戻すことを許される。だがオルフォイスは地上への出口で妻をふり返ったため、女王との約束により妻を永久に失うことになる。その後、オルフォイスは妻を思ってバッカスの巫女《みこ》たちをかえりみなかったために、彼女らによって引き裂かれ海に流される。しかし彼のからだが粉ごなに砕かれ飛散したことによって、彼は宇宙に風のように遍在する神となった。歌声のひびくところ、すなわち彼がいてうたっているのだというリルケの解釈が成り立つゆえんである。

第一部第三歌に「歌は存在である」という句があらわれるが、リルケにとって真にあるべき詩の姿を言ったものである。歌とは偶然のはかない嘆きやよろこびの表現ではなく、そこに「存在」するもの、存在の法則をあらわしているものである。詩はまたたんなる感情の流れといった意味の音楽ではなく、存在の秩序を感じさせるといった意味の音楽であり、耳に快い美しさではなく、それ自身真なるものとして確乎として存在するものである。もっとも『新詩集』のころ、ロダンの影響のもとに、リルケはすでにこれに近い芸術観を持っていたのであるが、当時の彼の詩をどっしりとした彫刻作品にたとえるならば、今では彼の詩は風にのる音楽のようなのだ。

「歌は欲望ではなく」と彼がうたうのは、私心を去り目的意識をはなれて、ひたすら世界の秩序の声に耳を傾けるときにのみ歌は生まれるというのであり、「到る処関連へのよろこびがあり、欲望はどこにもない」(夜に寄せる歌)とうたうように、関連――「純粋な関連」――と「欲望」とは対立するものと考えられている。人間の真に存在するのは「純粋な関連」の中においてのみであり、その関連のあらわれこそ歌なのである。純粋な秩序の空間を軽やかに吹きわたっているもの、それが音楽であり歌である。だから「存在」ということが彫刻のように空間の一処を占める必要はもはやなく、融通無碍《ゆうずうむげ》の、目に見えない風のようなものとなる。『オルフォイスに寄せるソネット』の軽やかさはそこからくる。

〈後期の詩〉は、リルケが生前に自分で編纂《へんさん》することのなかった詩篇である。この中には『ドゥイノの悲歌』をうたい始めてのち、それの完成を見るまでに、折にふれて書かれた完成度の高い作品が含まれ、それらは晩年にむかうリルケの作風を見る上で逸することのできないものが多い。そしてそこに完成期の『ドゥイノの悲歌』と『オルフォイスに寄せるソネット』にいたる推移を読み取ることのできる作品がすくなくない。

一九二二年以後の詩と、フランス語詩集『果樹園 付ヴァレーの四行詩』(一九二四―二五年作、一九二六年刊)、『薔薇』(一九二四年作、一九二七年刊)、『窓』(一九二四、一九二六年作、一九二七年刊)の詩の特徴については、すでに冒頭で述べたことが当てはまる。『オルフォイスに寄せるソネット』の系列に属すると言えようが、『ドゥイノの悲歌』完成時代に確信となった「純粋関連」や「世界内面空間」の思念が、さりげない詩句の中に、いたるところにひそめられているようで、精神的な風景の軽やかさは類を見ないものである。

最後にリルケと日本の俳諧との関係について言うと、彼は一九二〇年にドイツ語でひとつ、フランス語でひとつ、一九二六年にもうひとつフランス語で「俳諧」と題する三行詩を書いていて、リルケが俳諧に無関心でなかったことを示している。もちろんリルケは日本語は読めず、一九二〇年『新フランス評論』にのったクーシューのフランス語訳を通して読んだらしく、それより先一九一九年スイスのネルケ夫人のもとで家政婦のアサさんという日本の婦人から日本の物語や風物について聞き知ったことがあったし、北斎などの浮世絵にはパリ時代に深い関心を寄せていた。

ところで一九二五年十一月二十六日のフランス語で書かれたリルケの手紙は、スイスの女流画家ソフィ・ジョークにあてたものであるが、その中でリルケは彼女の非抽象画と日本の俳句とを同じような性質を持つものとしている。『目に見えるもの』が確かな手によってとらえられる。熟《う》れたくだもののように摘《つ》み取られるが、それはすこしも重さを持たない。というのは、それはそこへ置かれるや否《いな》や、いや応なしに『目に見えないもの』をあらわすようになるわけだ」リルケは俳句をこういった性質の詩として理解していた。この性質はしかし晩年のリルケの詩の性質をもあらわすものと考えられるので、リルケがさらに長生きをし、もっと日本のこともよく知るような機会でもあったら、ひょっとして彼自身俳句作家になったのではあるまいかと、空想してみるのもあながち荒唐無稽《こうとうむけい》のことでもあるまいと思われるのである。

一九七七年

リルケ略年譜

一八七五年

十二月四日、プラハ（当時オーストリア＝ハンガリー帝国領）に生まれる。七カ月児で虚弱、ようやく二週間後、近くの聖ハインリヒ教会で受洗、ルネ・カール・ヴィルヘルム・ヨハン・ヨーゼフ・マリア・リルケと命名された。ライナー・マリア・リルケというのは、一八九七年から名のった名である。父ヨーゼフは軍人の経歴において挫折した鉄道会社の社員、母ゾフィ（フィア）は貴族趣味の、虚栄心の強い女性だった。早死《はやじに》の長女の身代わりに、ルネは五歳まで女児として育てられた。

一八八二年　七歳

上流ドイツ家庭の子弟の行くプラハのピアリステン（教育に従事するカトリック教団）の小学校に入る。

一八八四年　九歳

父母の別居生活はじまる。

一八八六年　十一歳

九月、ウィーン西方に当たるザンクト・ペルテンの陸軍幼年実科学校に入学、寮生活。

一八九〇年　十五歳

九月、メーリッシュ・ヴァイスキルヘン（チェコ北東部）の陸軍高等実科学校に入学。

一八九一年　十六歳

七月、病気を理由に退学。九月、リンツの商業専門学校に入学。

一八九二年　十七歳

六月、年上の女教員とウィーンへ駈け落ち。

まもなく離別、プラハに帰る。リンツの学校を退学。怒った父に代わって、資産と名望のある伯父ヤロスラウが引き取り、家庭教師をつける。十二月、伯父が死ぬ。遺言により伯父の娘たちがリルケに学資を保証する。ギムナジウム卒業資格を得るため個人教授を受ける。

一八九三年　十八歳

オーストリア砲兵士官の娘ヴァレリー・ダヴィド・ローンフェルトに恋をし、多くの幼い詩を書く。年上の娘で、ルネが大学に入るまでの三年間、面倒を見る。

一八九四年　十九歳

処女詩集『人生と小曲』(*Leben und Lieder*)、ヴァレリーの援助で出版。この出版社の雑誌『若きドイツと若きエルザス』などにさかんに寄稿する。

一八九五年　二十歳

七月、ギムナジウム卒業資格試験に優秀な成績で合格。秋、プラハ大学に入学、文学部で哲学、ドイツ文学、美術史を聴講。十二月、詩集『家神奉幣《かしんほうへい》』(*Larenopfer*)出版。

一八九六年　二十一歳

法学部に移る。九月、ミュンヘンに移住。一月、個人雑誌『ヴェークヴァルテン(によもぎ)』を無料で病院、図書館等に配布、第一号は詩、第二号は戯曲『いまわれら死滅のとき』。これは八月にプラハのドイツ国民劇場で上演される。十二月、詩集『夢の冠』(*Traumgekrönt*)出版。

一八九七年　二十二歳

ミュンヘンでルー・アンドレアス＝サロメ(一八六一―一九三七)と知り合う。ヤーコプ・ヴァッサーマン(一八七三―一九三四)を通じてヤコブセン(一八四七―一八九五)の文学を知る。十月、ルーを追ってベルリンに移る。十一月、シュテファン・ゲオルゲ(一八六八―一九三三)の朗読を聞く。十二月、詩集『降臨節』(*Advent*)出版。

一八九八年　二十三歳

四月～五月、イタリア旅行。フィレンツェでゲオルゲに会い、手痛い批評を受ける。画家ハインリヒ・フォーゲラーを知る。ヴィアレッジオで戯曲『白衣の貴婦人』(*Die Weiße Fürstin*)初稿。「最後の人々」(Die Letzten)、「エーヴァルト・トラギー」(Ewald Tragy)などの小説を執筆。秋、ベルリンで『形象詩集』(*Das Buch der Bilder*)の詩を作る。短篇小説集『人生に沿って』(*Am Leben hin*)出版。

一八九九年　二十四歳

二月～三月、北イタリア、ウィーン、プラハ等に旅行。四月末～六月、ルー夫妻とロシア旅行。モスクワでトルストイ(一八二八―一九一〇)に会う。街頭で復活祭に感動する。夏、マイニンゲンでルーとロシア研究に没頭。九、十月、ベルリンで「修道生活の書」(Das Buch vom mönchischen Leben)(『時禱《じとう》詩集』)、『旗手クリストフ・リルケの愛と死の歌』(*Die Weise von Liebe und Tod des Cornets Christoph Rilke*)、小説『神さまの話』(*Geschichten vom Lieben Gott*)を書く。ドストエフスキイ(一八二一―一八八一)を読む。小説集『プラハのふたつの物語』(*Zwei Prager Geschichten*)、詩集『わが祝いに』(*Mir zur Feier*)出版。

一九〇〇年　二十五歳

五月～八月、ルーと第二回ロシア旅行。ヤースナヤ・ポリャーナでトルストイに会う。

南ロシアの大平原に感銘を受ける。八月、ベルリンに戻り、のちヴォルプスヴェーデにフォーゲラーを訪《おとな》い、五週間滞在。画家パウラ・ベッカー、彫刻家志望のクララ・ヴェストホフと親交ができ、ロダン(一八四〇—一九一七)の芸術について知る。十二月、小説集『神さまの話その他』出版。

一九〇一年　二十六歳

四月、クララと結婚。ヴェスターヴェーデに住む。九月、「巡礼の書」(Das Buch von der Pilgerschaft)(『時禱詩集』)執筆。十二月、長女ルート出生。戯曲『日常生活』(*Das tägliche Leben*)がベルリンで上演され不評。

一九〇二年　二十七歳

評論『ヴォルプスヴェーデ』(*Worpswede*)を書く。リーヒャルト・ムーターの委嘱《いしょく》でロダン論執筆のため、妻子を実家にあずけ、八月下旬ひとりパリに出る。九月一日、ロダンに会う。美術館や図書館にかよう。『ロダン』(第一部)を書く。小説集『最後の人々』、戯曲『日常生活』、詩集『形象詩集』出版。

一九〇三年　二十八歳

「貧困と死の書」(Das Buch von der Armut und vom Tode)(『時禱詩集』)を書く。九月、ローマに落ちつく。評論『ヴォルプスヴェーデ』、『オーギュスト・ロダン』(*Auguste Rodin*)出版。

一九〇四年　二十九歳

二月八日、小説『マルテの手記』(*Die Aufzeichnungen des Malte Laurids Brigge*)を書きはじめる。キェルケゴール(一八一三—一八五五)、ヤコブセンをデンマーク語で読む。六月～

十二月、招かれてデンマーク、スウェーデンに滞在。エレン・ケイ(一八四九―一九二六)に会う。『神さまの話』の新版出る。

一九〇五年　三十歳
九月、ロダン邸に秘書のような形で寄宿する。詩集『時禱詩集』(*Das Stunden-Buch*)出版。

一九〇六年　三十一歳
三月、父が死ぬ。五月、ロダンの不興を買いムードンを去る。パリ市中で『形象詩集』増補と『旗手クリストフ・リルケの愛と死の歌』改作、十二月、この二書を出版。十二月、カプリ島に招かれ、翌年五月まで滞在。

一九〇七年　三十二歳
五月、パリに戻る。十月、セザンヌ展を見る。十一月、ロダンと和解。パウラ・ベッカーが死ぬ。『新詩集』(*Neue Gedichte*)、『ロダン』(第一部第二部)出版。

一九〇八年　三十三歳
『マルテの手記』の稿進む。カスナーを知る。『新詩集別巻』(*Der Neuen Gedichte anderer Teil*)出版。

一九〇九年　三十四歳
『マルテの手記』を書き進める。プロヴァンス、アヴィニヨンに旅行。十二月、マリー・フォン・トゥルン・ウント・タクシス＝ホーエンローエ侯爵夫人を知る。『鎮魂歌』(*Requiem*)、『初期詩集』(*Die Frühen Gedichte*)出版。

一九一〇年　三十五歳
『マルテの手記』完成、出版。はじめてドゥイノの館《やかた》に招かれる。十一月から翌年三月までアフリカ旅行。

一九一二年　三十七歳

前年十月からドゥイノの館《やかた》に滞在。一月、『ドゥイノの悲歌』(*Duineser Elegien*)の「第一の悲歌」「第二の悲歌」完成。「第三の悲歌」「第十の悲歌」の一部、三月に「第九の悲歌」の一部ができる。十月末、スペイン旅行中、「第六の悲歌」の一部を書く。

一九一三年　三十八歳

二月～六月、パリ。ロマン・ロラン(一八六六―一九四四)に会う。プルースト(一八七一―一九二二)を読む。秋、「第三の悲歌」完成。「第六の悲歌」「第十の悲歌」の一部を書く。詩集『マリアの生涯』(*Das Marien-Leben*)、『第一詩集』(*Erste Gedichte*)出版。

一九一四年　三十九歳

二月、ピアニストのマグダ・フォン・ハッティングベルク(ベンヴェヌータ)と恋愛、数カ月で離別。七月、ライプツィヒ滞在中、第一次世界大戦が起こる。八月、ミュンヘンに行く。女流画家ルル・アルベール＝ラザールと親しくなる。

一九一五年　四十歳

十一月、「第四の悲歌」完成。ミュンヘンで検査を受け、軍務につくためウィーンに行く。

一九一六年　四十一歳

一月、三週間軍事訓練ののち、陸軍文書課勤務となる。六月、文化人らの請願により、兵役解除となる。あと三年ほどミュンヘンに住むが、詩が作れない。

一九一九年　四十四歳

六月、スイスへ行き、十月から各地で朗読会を催す。ナニー・ヴンダリー＝フォルカルト夫人、ヴェルナー・ラインハルトら新しい友人を得る。

一九二〇年　四十五歳

女流画家バラディーヌ・クロソフスカ（メルリーヌ）と知り合う。十一月から翌年五月まで、イルヘルのベルクの館《やかた》に滞留。

一九二一年　四十六歳

七月、ヴァレー州ミュゾットの館《やかた》に入る。ポール・ヴァレリー（一八七一―一九四五）の詩に感動し、翻訳を試みる。

一九二二年　四十七歳

二月、『オルフォイスに寄せるソネット』（*Die Sonette an Orpheus*）と『ドゥイノの悲歌』完成。五月、娘ルートがカール・ジーバーと結婚する。

一九二三年　四十八歳

『オルフォイスに寄せるソネット』、『ドゥイノの悲歌』出版。娘ルートに女児誕生。十二月～翌年一月、ヴァルモン療養所に入る。

一九二四年　四十九歳

四月、ヴァレリーが訪問。フランス語の詩を多く作る。十一月、ヴァルモン療養所に入る。

一九二五年　五十歳

一月～九月、最後のパリ滞在。ジイド（一八六九―一九五一）らと再会。モーリス・ベッツの『マルテの手記』仏訳を助ける。ミュゾットに帰り、遺書をフォルカルト夫人に送る。十二月、ヴァルモン療養所。翻訳『ヴァレリー詩集』出版。

一九二六年　五十一歳

フランス語詩集『果樹園 付ヴァレーの四行詩』（*Vergers suivi des Quatrains Valaisans*）をN・R・F社より出版。九月、ヴァレリーと再会。十月、ミュゾットの庭で薔薇《ばら》のとげに傷つき、白血病の徴候があらわれ、十一月、ヴァルモン療養所に入る。十二月二十九日午前五時、永眠。

一九二七年

一月二日、スイス・ヴァレー州、ラロンの教会の墓地に埋葬。『全集』六巻、翻訳ヴァレリー『ユーパリノス』、フランス語詩集『薔薇』(*Les Roses*)、『窓』(*Les Fenêtres*)出版。三月、茅野蕭々《ちのしょうしょう》訳『リルケ詩抄』が出る。

(高安国世 編)

〔編集付記〕

本書の底本には高安国世訳『リルケ詩集』(講談社文庫、一九七七年刊)を用い、そこから九篇を削除し、高安国世訳『リルケ詩集』(講談社、世界文学ライブラリー25、一九七二年刊)から四十二篇を選んで追加した。なお、加除の内容については、「収録詩篇詳細目次」を参照されたい。

(二〇一〇年一月、岩波文庫編集部)

読書子に寄す

——岩波文庫発刊に際して——

岩波茂雄

真理は万人によって求められることを自ら欲し、芸術は万人によって愛されることを自ら望む。かつては民を愚昧ならしめるために学芸が最も狭き堂宇に閉鎖されたことがあった。今や知識と美とを特権階級の独占より奪い返すことはつねに進取的なる民衆の切実なる要求である。岩波文庫はこの要求に応じそれに励まされて生まれた。それは生命ある不朽の書を少数者の書斎と研究室とより解放して街頭にくまなく立たしめ民衆に伍せしめるであろう。近時大量生産予約出版の流行を見る。その広告宣伝の狂態はしばらくおくも、後代にのこすと誇称する全集がその編集に万全の用意をなしたるか。千古の典籍の翻訳企図に敬虔の態度を欠かざりしか。さらに分売を許さず読者を繋縛して数十冊を強うるがごとき、はたしてその揚言する学芸解放のゆえんなりや。吾人は天下の名士の声に和してこれを推挙するに躊躇するものである。このときにあたって、岩波書店は自己の責務のいよいよ重大なるを思い、従来の方針の徹底を期するため、すでに十数年以前より志して来た計画を慎重審議この際断然実行することにした。吾人は範をかのレクラム文庫にとり、古今東西にわたって文芸・哲学・社会科学・自然科学等種類のいかんを問わず、いやしくも万人の必読すべき真に古典的価値ある書をきわめて簡易なる形式において逐次刊行し、あらゆる人間に須要なる生活向上の資料、生活批判の原理を提供せんと欲する。この文庫は予約出版の方法を排したるがゆえに、読者は自己の欲する時に自己の欲する書物を各個に自由に選択することができる。携帯に便にして価格の低きを最主とするがゆえに、外観を顧みざるも内容に至っては厳選最も力を尽くし、従来の岩波出版物の特色をますます発揮せしめようとする。この計画たるや世間の一時の投機的なるものと異なり、永遠の事業として吾人は微力を傾倒し、あらゆる犠牲を忍んで今後永久に継続発展せしめ、もって文庫の使命を遺憾なく果たさしめることを期する。芸術を愛し知識を求むる士の自ら進んでこの挙に参加し、希望と忠言とを寄せられることは吾人の熱望するところである。その性質上経済的には最も困難多きこの事業にあえて当たらんとする吾人の志を諒として、その達成のため世の読書子とのうるわしき共同を期待する。

昭和二年七月

リルケ詩集《ししゅう》

2010 年 2 月 16 日　第 1 刷発行
2025 年 9 月 25 日　第 11 刷発行

訳　者　高安国世《たかやすくによ》

発行者　坂本政謙

発行所　株式会社 岩波書店
〒101-8002 東京都千代田区一ツ橋 2-5-5

案内 03-5210-4000　営業部 03-5210-4111
文庫編集部 03-5210-4051
https://www.iwanami.co.jp/

印刷・三陽社　カバー・精興社　製本・中永製本

ISBN 978-4-00-324322-0　　Printed in Japan

収録詩篇詳細目次

【『第一詩集』*Erste Gedichte* より】

民謡 Volksweise　**9**
〔ときにふと思うこと……〕 Manchmal da ist mir ...　**10**
〔これが私の戦いです……〕 Das ist mein Streit: ...　**11**

【『初期詩集』*Die Frühen Gedichte* より】

〔日常の中で困窮している……〕 Die armen Worte, die im Alltag darben ...　**15**
〔私はひとびとの言葉を……〕 Ich fürchte mich so vor der Menschen Wort ...　**15**
〔人生を理解しようとは……〕 Du mußt das Leben nicht verstehen ...　**17**
〔ずっと以前あなたが……〕 Als du mich einst gefunden hast ...　**18**
〔私は以前子供っぽく……〕 Ich war einmal so kinderkühl ...　**19**
〔私の生はどこまで……〕 Kann mir einer sagen, wohin ...　**20**

【『時禱詩集』*Das Stunden-Buch* より】

「修道生活の書」Das Buch vom mönchischen Leben より

〔私は私の生を……〕 Ich lebe mein Leben in wachsenden Ringen ...　**23**
〔私の生まれてきたみなもと……〕 Du Dunkelheit, aus der ich

stamme ... **24**
〔私の生はあなたがごらんに……〕 Mein Leben ist nicht diese steile Stunde ... **25**
〔私たちは大工です……〕 Werkleute sind wir : Knappen, Jünger, Meister ... **26**
〔私が死んだら、神さま……〕 Was wirst du tun, Gott, wenn ich sterbe ? ... **27**

「巡礼の書」Das Buch von der Pilgerschaft より

〔嵐の激しさも……〕 Dich wundert nicht des Sturmes Wucht ...* **29**
〔私の目の光を……〕 Lösch mir die Augen aus : ich kann dich sehn ... **31**
〔あなたを求める者は……〕 Alle, welche dich suchen, versuchen dich ...* **32**
〔あなたは謙虚の心を……〕 Du meinst die Demut. Angesichter ...* **33**
〔この村のはずれの……〕 In diesem Dorfe steht das letzte Haus ... **36**
〔あなたは未来です……〕 Du bist die Zukunft, großes Morgenrot ... **37**

「貧困と死の書」Das Buch von der Armut und vom Tode より

〔おお主《しゅ》よ、各人に……〕 O Herr, gieb jedem seinen eignen Tod ... **39**
〔なぜなら私たちは……〕 Denn wir sind nur die Schale und das Blatt ... **39**
〔都会はしかし……〕 Die Städte aber wollen nur das Ihre ... **41**

【『形象詩集』*Das Buch der Bilder* より】

恋する女 Die Liebende　**45**
隣人 Der Nachbar*　**46**
カルゼル橋 Pont du Carrousel　**47**
嘆き Klage　**48**
寂寥 Einsamkeit　**49**
秋の日 Herbsttag　**50**
秋 Herbst　**52**
予感 Vorgefühl　**53**
観る人 Der Schauende*　**54**

【『新詩集』*Neue Gedichte, Der Neuen Gedichte anderer Teil* より】

少女の嘆き Mädchen-Klage　**59**
恋歌 Liebes-Lied　**60**
詩人の死 Der Tod des Dichters*　**61**
日時計の天使 L'Ange du Méridien　**62**
薔薇窓 Die Fensterrose　**64**
死体収容所 Morgue　**65**
豹 Der Panther　**66**
幼年時代 Kindheit*　**67**
タナグラ Tanagra　**69**
失明して行く女 Die Erblindende　**70**
別離 Abschied　**72**
水色のあじさい Blaue Hortensie　**73**
驟雨《しゅうう》の前 Vor dem Sommerregen*　**74**

ローマの噴水 Römische Fontäne 75
メリーゴーラウンド Das Karussell 77
古代のアポロのトルソー Archaïscher Torso Apollos 79
復活者 Der Auferstandene 80
死体洗滌《したいせんじょう》 Leichen-Wäsche 82
老いた女たちの一人 Eine von den Alten 84
群 Die Gruppe 85
蛇使い Schlangen-Beschwörung 86
黒猫 Schwarze Katze 88
都会の夏の夜 Städtische Sommernacht* 89
海のうた Lied vom Meer 90
姉妹 Die Schwestern* 92
ピアノの練習 Übung am Klavier* 93
恋する少女 Die Liebende* 94
薔薇の内部 Das Rosen-Innere 96
鏡の前の貴婦人 Dame vor dem Spiegel* 97
子守歌 Schlaflied 98
山 Der Berg 100
ボール Der Ball 101

【『ドゥイノの悲歌』*Duineser Elegien* より】

第一の悲歌 105
第九の悲歌 112

【『オルフォイスに寄せるソネット』*Die Sonette an Orpheus*】

第一部 123

第二部　155

【〈後期の詩〉より】

シュヴェーリン伯爵夫人を悼《いた》んで Auf den Tod der Gräfin Luise Schwerin　203
雨の前をためらうような……〔Laß einen Tag, der zögert vor dem Regen ...〕　204
夜の歩み Nächtlicher Gang*　205
おまえの手はどこの……〔Welehe Wiesen duften deine Hände? ...〕　206
忘れよ、忘れよ……〔Vergiß, vergiß und laß uns jetzt nur dies ...〕　207
ああ、わたしとこの鳥の……〔Ach zwischen mir und diesem Vogellaut ...〕*　207
真珠がこぼれ散る……〔Perlen entrollen ...〕　208
花咲く巴旦杏の樹 Mandelbäume in Blüte　211
小川のざわめき……〔Da rauscht der Bach und dich,(der du ihn hörst) ...〕　211
見よ、おどろくがよい……〔Staune, siehe, wie keines ...〕　212
おお生よ、生よ……〔O Leben, Leben, wunderliche Zeit ...〕　212
おまえ、あらかじめ失われた恋人よ……〔Du im Voraus verlorene Geliebte ...〕　213
嘆き Klage　215
ほとんどすべての物が……〔Es winkt zu Fühlung fast aus allen Dingen, ...〕　216
ヘルダーリーンに寄す An Hölderlin　218
心の山巓にさらされて……〔Ausgesetzt auf den Bergen des

Herzens ...〕 **220**
帰郷、どこへ……〔Heimkehr. Wohin ? Da alle Arme schmerzen ...〕* **221**
異なった年月の上に……〔Über anderen Jahren ...〕* **222**
おお、なんと私たちの……〔O wie sind die Lauben unsrer Schmerzen ...〕* **223**
もの憂い過剰の……〔Aus der Trübe müder Überdrüsse ...〕* **224**
鐘楼の大きな鐘の……〔Wie die Vögel, welche an den großen ...〕 **225**
くりかえし……〔Immer wieder, ob wir der Liebe Landschaft auch kennen ...〕 **226**
愛のはじめ Liebesanfang **227**
自然は幸福だ……〔Natur ist glücklich. Doch in uns begegnen ...〕 **228**
俳諧 Haï-kaï **229**
バラディーヌに Für Baladine **229**
手 Die Hand **230**
いつ、いつ、いつの日……〔Wann wird, wann wird, wann wird es genügen ...〕 **231**
あの墓碑以上のことを……〔Mehr nicht sollst du wissen als die Stele ...〕 **233**
早春 Vorfrühling **234**
かつて人間がけさほど……〔Wann war ein Mensch je so wach ...〕 **235**
オデット・R に Odette R ...* **236**
うつそみのいのちの道……〔Wege des Lebens. Plötzlich sind es

die Flüge ...〕* 237
薔薇の匂いが……〔—Vergaßest du's von einem Jahr zum neuen ...〕* 238
ファネット・クラヴェル夫人に Für Frau Fanette Clavel* 239
ローベルト・フェージー夫妻に Für Robert Faesie und Frau Jenny Faesie* 240
散歩 Spaziergang 240
泉よ、その湧きのぼる……〔Quellen, sie münden herauf ...〕* 241
これは呼吸とも……〔Ist es nicht wie Atmen, dieses stete ...〕 242
世界は恋人の顔のなかに……〔Welt war in dem Antlitz der Geliebten ...〕 243
時として梢からくる合図を……〔Empfange nun von manchem Zweig ein Winken ...〕* 244
ああ、どれほど多くの……〔Ach, im Wind gelöst ...〕* 245
日ざしになじんだ道のほとり……〔An der sonngewohnten Straße, in dem ...〕 245
魔術 Magie* 246
星あかりと共に……〔Was sich uns reicht mit dem Sternenlicht ...〕* 247
どこかで別離の花が……〔Irgendwo blüht die Blume des Abschieds und streut ...〕* 248
落ちる水、いそぐ水……〔Wasser, die stürzen und eilende ...〕 248
おお、大地よ……〔Gieb mir, oh Erde, den reinen ...〕 249
おお　ラクリモーサ Ô Lacrimosa I・II*・III* 250

墓碑銘〔Rose, oh reiner Widerspruch, Lust ...〕 **253**
ヨハナ・フォン・クーネシュ夫人に Für Frau Johanna von Kunesch* **253**
とっくに私たち住人のもとを……〔Längst, von uns Wohnenden fort, unter die Sterne versetztes ...〕* **254**

【〈フランス語の詩〉より】

『果樹園』*Vergers* より

わたしたちの最後から一歩手前の……8〔Notre avant-dernier mot ...〕* **259**
いそぐ水、走る水……18〔Eau qui se presse, qui court—, eau oublieuse ...〕 **260**
噴水 26〔La Fontaine〕 **260**
こんなに多くの……29 Verger II〔Vers quel soleil gravitent ...〕* **262**
崇高なものは……33〔Le sublime est un départ ...〕* **263**
しかしどれほど多くの港が……34〔Combien de ports pourtant, et dans ces ports ...〕* **264**
すべてはすぎ去るものならば……36〔Puisque tout passe, faisons ...〕 **265**
天使たちの目から……38〔Vues des Anges, les cimes des arbres peut-être ...〕* **266**
うつろいやすいかのひとときに……41〔Ô nostalgie des lieux qui n'étaient point ...〕 **266**
泉の水をのむ馬……43〔Tel cheval qui boit à la fontaine, ...〕* **268**
わたしは動物の……54〔J'ai vu dans l'œil animal ...〕 **269**

「ヴァレーの四行詩」***Les Quatrains Valaisans*** より

小さな滝 1〔Petite Cascade〕 **270**
なんという夜の……16〔Quel calme nocturne, quel calme ...〕* **271**
風の吹き荒れた……21〔Après une journée de vent, ...〕 **271**
二つの牧草地に……31〔Chemins qui ne mènent nulle part ...〕 **272**
それを未来永劫に……33〔Ce ciel qu'avaient contemplé ...〕 **273**

『薔薇』***Les Roses*** より

わたしは見る……II〔Je te vois, rose, livre entrebâillé ...〕 **275**
薔薇よ……III〔Rose, toi, ô chose par excellence complète ...〕 **276**
ただ一輪の……VI〔Une rose seule, c'est toutes les roses ...〕 **276**
閉じたわたしの……VII〔T'Appuyant, fraîche claire ...〕 **277**
内側に限りもなく……VIII〔De ton rêve trop plein, ...〕 **278**
だれひとりそばに……X〔Amie des heures où aucun être ne reste, ...〕* **279**
夏――いくにちか……XIV〔Été : être pour quelques jours ...〕 **280**
おまえのなかに……XVII〔C'est toi qui prépares en toi ...〕 **280**

『窓』***Les Fenêtres*** より

おまえはわたしたちの……III〔N'es-Tu pas notre géométrie, ...〕 **282**

〈遺稿〉より

俳諧 Haï-kaï **284**

*印の付いているものは世界文学ライブラリー版(講談社，1972年刊)から補ったもの(計42篇)，それ以外は講談社文庫版(1977

年刊)所収のもの。なお，講談社文庫版からは9篇(「サッフォに宛てたエランナの歌」「エランナに宛てたサッフォの歌」「癩を病む王」「栄光の仏陀」「ぼくが果実をうたったのは……」「エーリカのために」「穏かな、いちばん穏かな……」「(架空の)子どもの墓とボール」「地表のみどりは……」)を削除した。